GEMINIS BLUT

SCIENCE FICTION ERZÄHLUNG

PATRICK HELMUTS

ISBN Print: 978-3-948649-06-7

Korrektorat: Jörg Querner, Pforzheim (www.anti-fehlerteufel.de)

Cover: P. Isele, Freiburg; Shutterstock: Sergey Shubin (1), Dotted Yeti (2), Channarong Pherngjanda (3)

Impressum: Patrick Helmuts, c/o AutorenServices.de, Birkenallee 24, 36037 Fulda

www.patrickhelmuts.com

Patrickhelmutsautor(at)gmail.com

Es würde sehr wenig Böses auf Erden getan
werden, wenn das Böse niemals im Namen des
Guten getan werden könnte.

MARIE VON EBNER-ESCHENBACH

Zwei Dinge verleihen der Seele am meisten
Kraft: Vertrauen auf die Wahrheit und Vertrauen
auf sich selbst.

SENECA

Der **Welle - Teilchen - Dualismus** ist eine Erkenntnis der Quantenphysik, wonach den Objekten gleichermaßen die Eigenschaften von *Wellen* wie die von *Teilchen* zugeschrieben werden müssen.

Wellen können gleichzeitig an verschiedenen Stellen präsent sein und dabei auch verschieden stark einwirken.

Ein Teilchen kann zu einem Zeitpunkt nur an einem bestimmten Ort anwesend sein.

Beide Eigenschaften scheinen sich gegenseitig auszuschließen. (Wikipedia)

QEG – Quanten Energie Generatoren / QRU – Quanten Reaktor Unit

Basierend auf einem Patent von Elon Tesla, intensivierten sich in den letzten Jahren die Forschungen zum Bau der ersten Quanten Energie Generatoren.

QEGs konvertieren und nutzen sogenannte Raumenergie u. a. aus der vierten und sechsten Dimension (nach Billmark Heim).

Seit den frühen 10er-Jahren entwickelten Jeff Trapp und Steve M. Robitaille die ersten Prototypen.

Doch erst die Einbindung des Quanten-Wellen-Teilchenphänomens zur stabilen Katalyse eines Quantenfeldes, verhalf den geheimen Raumenergie-Konvertern zum Durchbruch.

Die Steuerung des Phänomens mittels menschlichen Bewusstseins, stellte sich dabei als maßgebend heraus.

Die Zwillingsgeschwister der GEMINIS besitzen ähnliche Merkmale, Quantenfelder zu aktivieren und stabil zu halten (mittels Devices und in sogenannten Quanten Reaktoren Einheiten (QRUs). Die erzeugten Effekte können auch auf einfache Materie übertragen werden.

Die SIMULTANE SYNTHESE von Raum- *und* Feststoffenergie ist eine unerschöpfliche, nutzbargemachte Energiequelle. Eine technische Revolution.

(Aus Fachartikel: Spektrum Science)

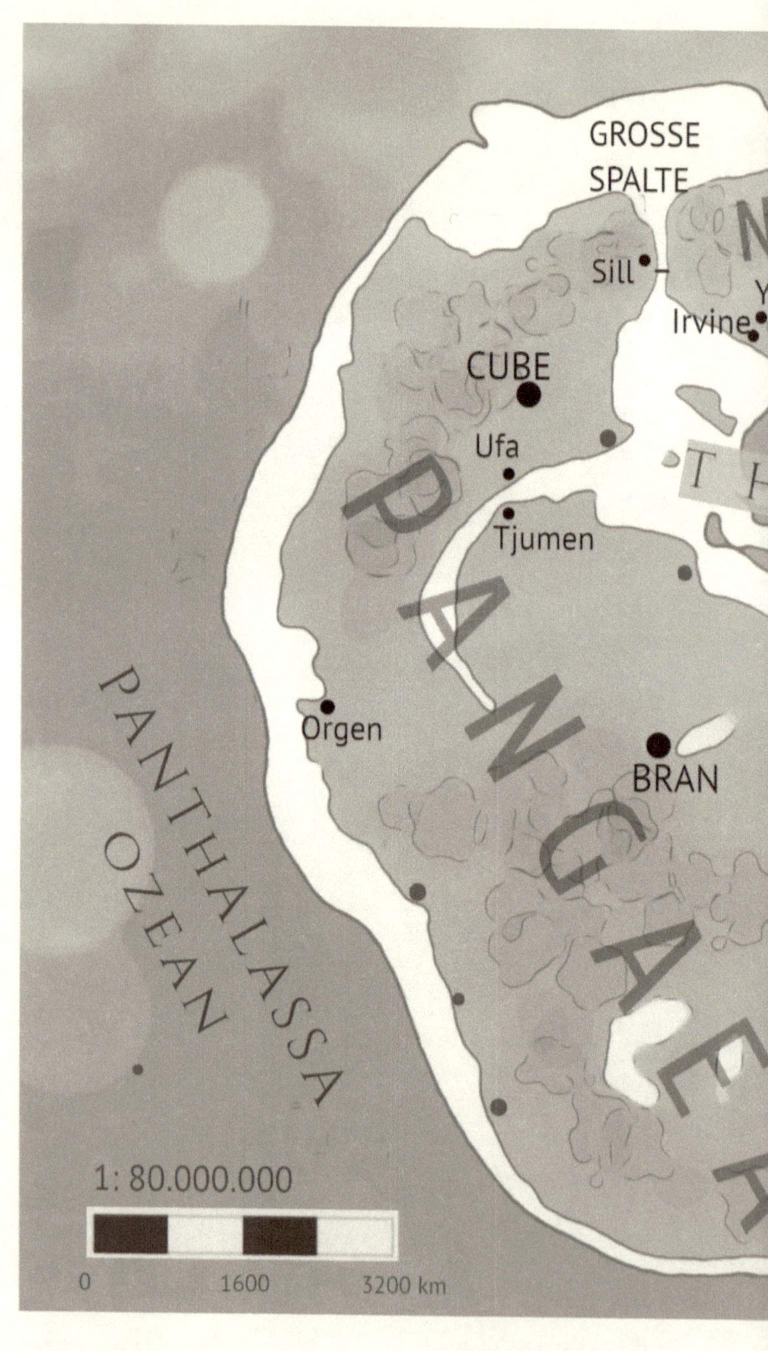

GROSSE
SPALTE
Sill
Irvine
CUBE
Ufa
Tjumen
PANGAEA
Orgen
BRAN
PANTHALASSA
OZEAN
1: 80.000.000
0
1600
3200 km

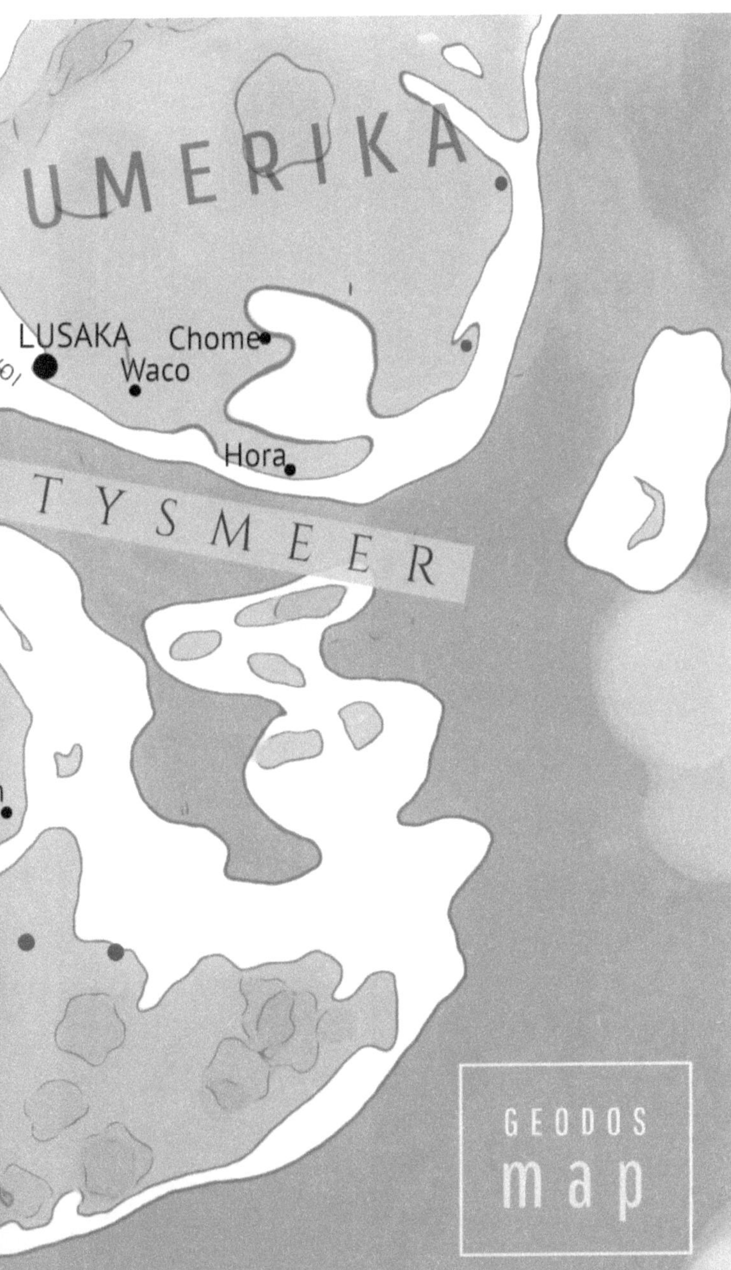
UMERIKA
LUSAKA
Chome
Waco
Hora
TYSMEER
GEODOS
map

Für alle Pangäaner, HP und meine Familie

PATRICK HELMUTS

GEMINIS BLUT

SCIENCE FICTION

1 AUF DEM WEG

Der Nachthimmel öffnete alle Schleusen und der Regen prasselte im Grenzgebiet auf sie nieder, dass es fast schon wehtat. Case' Lunge brannte, sein Atem stieß weiße Wölkchen in die raukalte Luft. Sein Hemd unter dem Mantel war durchgeschwitzt. Die Riemen des Lifebags, in dem Lux saß, scheuerten an seinen Schultern.

Lux war in dem Transportsack viel schwerer als sonst, was daran liegen mochte, dass der Bag sich völlig mit Wasser vollgesogen hatte. Mit großen Schritten stapfte Case auf dem aufgeweichten Weg weiter bergauf Richtung Sill, der Grenzstadt vor der Spalte. Sie hatten bestimmt schon die Hälfte des Weges geschafft. Das hoffte er.

Kurz horchte er in die Schwärze. Er konnte sich noch keine Rast gönnen, denn die Zeit drängte. Das Verschwinden konnte die MRU vielleicht schon bemerkt haben und diese Befürchtung trieb ihn an. Durch seine Adern schoss ein Schwall Adrenalin, es verdrängte das Stechen in den Waden und Brennen in den Fußsohlen und Case zog sich die durchnässte Mütze tiefer über die Ohren. Ein Fuß oder Arm strampelte im Bag, stieß ihn in den Rücken. Lux genoss offenbar seine Anspannung.

Als er auf dem schlammigen Pfad auf eine Wurzel trat, kam er aus dem Gleichgewicht und rutsche beim nächsten Tritt auf dem glitschigen Boden aus. Es folgte Lux' angsterfüllter Aufschrei, dann sein dumpfer Aufprall. Reglos blieben sie für einige Sekunden auf dem Boden liegen. Verdammt.

Die festgezurrte Lux stieß ein krächzendes Wimmern aus. Er war Gott sei Dank nicht auf den Rücken gefallen, sondern konnte sich im letzten Moment drehen.

Case regte sich stöhnend und versuchte seine Schmerzen zu lokalisieren. Schultern und Arm. Sein Handgelenk hatte den Sturz abgefangen, aber schien ok. Er drehte sich im Schlamm auf den Hosenboden.

Lux hatte sich schneller wieder im Griff. Es waren ihre Hormone der Wut, die durch sein Blut strömten und augenblicklich eine unangenehme Reaktion in seinem Solarplexus auslösten. Die empfindliche Haut um seinen Nabel glühte.

Sie fuchtelte wütend mit ihren Ärmchen, krallte sich am Rucksack fest, in dem ihre verkrüppelten Stummelbeine und der kleine Körper bis zur Brust steckte und der mit Gummibändern und Schnüren festgezurrt war. Spätestens wenn sie in Sill ankamen, musste er sie umlagern, damit sie nicht wundrieb. Oft hatten sich die Schnüre so festgezogen, dass er sie nur noch mit dem Messer oder der kleinen Astschere durchtrennen konnte, die sich als praktisch dabei erwiesen hatte. Damit konnte er den Bag schneller öffnen. Er war froh, dass er trotz der Eile daran gedacht hatte.

»Alles in Ordnung, Lux?«

»Du bist ein Scheißdieb und wirst verrecken.

Du glaubst doch nicht im Ernst, dass du damit Erfolg haben wirst. Spätestens an der Grenze werden sie dich aufknöpfen und zerlegen. Wenn ich nicht so verdammt an dir hängen würde, wärst du mir scheißegal.«

Sie verfiel in einen schrecklichen Lachanfall und verschluckte sich fast.

Case rappelte sich auf. Wie gern würde er sie auf der Stelle aussetzen. Die Nabelschnur zerreißen, die ihn seit seiner Geburt an sie band. Lux' kleinen, quirligen, hasserfüllten Körper, diesen Ballast auf seinen Schultern, endlich loswerden.

Um das zu schaffen, musste er weiter. Über die Schlucht, nach Neumerika, dort gab es Rechte auch für sie, dort hatten sie fortschrittliche Behandlungsmöglichkeiten, die ihm dabei helfen konnten, den bei der Initiierung verstärkten Nabel fachärztlich zu trennen. Nur dort konnten sie überleben.

Lux ahnte davon, doch sie durfte nichts davon erfahren. Sie hätte den Ausstieg heute früh mit ihrem Geschrei verhindert.

Umso heftiger war ihr Widerstand jetzt.

Er musste es einfach über die Große Spalte schaffen. Auf nichts anderes hatte er die letzten Monate hingearbeitet.

Er wischte sich den Dreck an seinen Händen an den Hosenbeinen ab und ignorierte die Schürfwunden an den Handflächen.

»Du bist ein Nichtsnutz, Dummkopf und Verräter. Hättest du dir nur das Genick gebrochen«, hallte es von hinten.

Case' Herz raste. Ihr Zorn ließ ihn Galle schmecken. Case wünschte, Lux' Schädel würde wie eine Melone zerplatzen und den Schwall ihrer Tiraden für immer zum Schweigen bringen. Wie oft schon hatte er dem Impuls widerstanden, sie wie einen Schmutzbeutel weit von sich zu schleudern und die Nabelschnur reißen zu lassen.

Er griff aufgebracht an die Riemen, striff hastig den Rucksack ab und warf das Bündel mitsamt der Gift speienden Lux vollends grob in den Schlamm, um ihr unversöhnliches Gezeter endlich zu stoppen.

Schmatzend und Dreck spritzend landete ihr kleiner Körper mit dem viel zu großen Kopf erneut im Schlamm.

Und im nächsten Moment tat ihm sein grobes Handeln leid.

Lux war seine Zwillingsschwester, sie war auf ihn angewiesen. Und er auf sie. Vielleicht vergiftete ihr Neid auf ihn die letzten Reste ihrer Menschlichkeit. Was, wenn es damals anders gekommen wäre und sie *ihn* ausgewählt hätten?

Er wischte sich den Schweiß von der Stirn und sah auf sie hinab. Lux' nasses Gesicht glänzte im Schein der kleinen Taschenlampe zerbrechlich wie weißes Porzellan, blassblaue Zweige ihrer Adern schlängelten sich wie die Gänge von Würmern gläsern unter der Haut. Die tiefen Falten um ihre Mundwinkel ließen beim Sprechen klebende Fäden tanzen. Schuppen und Schleim. Wenn der Regen nachließ und ihre Haut austrocknete, würde sie sich wieder wie grobkörniges Pergament über die herausstehenden Knochen in ihrem monströsen Gesicht spannen.

Wütend riss Lux ihre regenüberströmte, bleiche Fratze herum, an dem die lichten Haare wie Reste von Fäkalien klebten, und nutzte geschickt die seltene Gelegenheit, nach über sieben Stunden Marsch endlich von seinem Rücken abgeschnallt, ihm ihren Hass ins Gesicht schmettern zu können.

Ihre tiefliegenden, glasigen Augen, die geblendet waren und sich einen Moment lang panisch orientieren mussten, stierten ihn an und forderten ihn mit feindseligem Blick auf, aufzugeben und sich zu stellen. Doch das würde er nicht tun.

»Du Dummkopf«, spie sie aus.

Case fröstelte. Er wich zurück, soweit es die Nabelschnur zuließ, die sich bedenklich zwischen ihren beiden Körpern wie ein Lederriemen spannte, und spürte das Ziehen in seinem Solarplexus.

»Es tut mir leid.«

Sie ahnte seine kleine Schwäche und verzog kaum merklich ihre Mundwinkel zu einem verzerrten Lächeln.

Über Monate hatte er diese Flucht geplant. Hatte Stück um Stück alle Beweise gesammelt. Sie auf verschiedenen Sticks getrennt voneinander gespeichert, damit niemand das Gesamtbild erkennen konnte. Das, was er in seinem tief verborgensten Inneren geplant hatte.

Nicht einmal sein eigenes Blut hatte es bemerkt.

Nicht einmal Lux, die alle seine kleinsten Gefühlsschwankungen über den Hormonaustausch des Blutkreislaufes registrierte, so wie er ihre bemerkte. An ihre Wut und ihre Verbitterung konnte er sich jedoch nur schwer gewöhnen. Sie überflutete seinen Organismus mit diesem großen Hass auf sich selbst. Er überlegte sich, ob sie ihn umbrächte, wenn sie die Gelegenheit dazu bekäme.

Er war sich sicher, sie würde die nächste Möglichkeit nutzen, um wieder ihre spitzen Zähne in seine Arme und Hände zu stoßen oder sein Gesicht zu zerkratzen und ihm die Flucht so schmerzhaft wie möglich zu machen. Sie konnte so böse sein.

Case achtete nun auf den nötigen Abstand und rieb sich über die Bisswunde an seinem Unterarm, die sie ihm letzte Nacht beigebracht hatte, als er mit einem Lappen ihre Schreie abwürgen musste und eine Sekunde zu langsam war. Schon hatte sie kraftvoll ihre krummen Zähne in seinen Arm geschlagen – so tief, dass sie sogar auf den Ellenknochen traf, ihn ein unglaublicher Schmerz durchfuhr und er sie nur mit rohester Gewalt fortstoßen konnte.

Vorsichtig hob er sie an und schnallte sie sich wieder auf den Rücken. Doch sie steigerte sich in den nächsten Anfall, fluchte und spie die übelsten Beleidigungen. Case ertrug diesmal den Schwall ihres Hasses.

Er lauschte dem Pfeifen des Windes und Prasseln des Regens. Von Ferne wurde das weit entfernte Heulen von Signaltönen durch die kalte Luft herangetragen.

Sie waren in der Nähe der Grenzposten. Lux' Gezeter würde sie verraten.

»Halt endlich dein Maul. Wenn du nicht sofort still bist, leg ich dir den Knebel an«, sagte er.

Lux verstummte kurz. Sie war sich darüber bewusst, dass ein eng gebundener Knebel ihre Atmung schmerzhaft erschweren würde. Durch ihre missgebildete Nase bekam sie nie genug Luft.

Andererseits wusste sie auch, dass er sie nicht ersticken lassen konnte.

Starb einer von beiden, setzten die Körpergifte dem anderen über den gemeinsamen Blutkreislauf ein langsames, qualvolles Ende.

»Mach doch. Du traust dich ja eh nicht«, keifte sie wieder. »Unser kleiner Wechselbalg hat so jämmerliche Angst«, giftete sie provozierend. »Die Blutkrankheit sollst du dir holen. Das wäre es mir wert.«

Case ignorierte sie einige Wimpernschläge und konzentrierte sich stattdessen auf den schmalen Pfad, auf deren aufgeweichten Erde sich Pfützen und kleine Teiche ausbreiteten. Nur noch wenige Meilen, dann stieß ihr Weg auf eine ausgebaute Schnellstraße, die sie an die Grenze des Reiches führte.

Nicht gut, zu viel Verkehr. Sein Ziel blieb es, bis Sill auf Nebenwegen unentdeckt zu bleiben. Siams waren bei den gewöhnlichen Menschen ständigen Schikanen und Vorurteilen ausgesetzt.

Am Checkpoint musste er Lux zum Schweigen bringen. Sie würde sonst alles zunichte machen.

Case spähte durch den Regenschleier.

Der dichte Laubwald wich langsam einer spärlicher bewachsenen Vegetation mit vereinzelten Bäumen. Das war ein weiteres Problem, denn die tundraartige Landschaft mit den verstreuten Felsklippen bot jetzt nur noch wenig Schutz. Bei Tage wären sie meilenweit zu sehen.

Doch sie hatten Glück. Wenig Mond, dichte Wolken. Er sah nichts außer den Rinnsal von Schlamm einige Meter vor sich und musste aufpassen, nicht erneut auszurutschen. Bis zum Einsetzen der Dämmerung waren es noch einige Stunden in dieser Jahreszeit.

Case versuchte die Zeit, die er noch bräuchte, abzuschätzen. Noch hatten sie das Plateau nicht erreicht. Sie mussten sich beeilen.

Lux verfolgte verkniffen jede seiner Bewegungen und lauerte auf kleine Unachtsamkeiten.

Sie gingen einige Zeit bergauf, als die Steigung langsam abflachte und aus dem Tal mit jedem Schritt Grenztürme mit blinkenden Signallichtern wuchsen. Case stützte sich einige Sekunden keuchend auf seine Oberschenkel und schaufelte kalte, stechende Luft in seine Lunge. Es roch nach Ruß, der von den Häusern in Sill herangetragen wurde.

Auch Lux bemerkte den beißenden Geruch der Brennöfen, den der Regen aus der Luft wusch.

»Das wirst du nie schaffen! Du elender Narr«, zeterte Lux erneut viel zu laut.

Sie begann wieder in ihrem Bag zu strampeln und an der Aufhängung zu zerren.

»Mit mir jedenfalls nicht. Niemals wirst du dieses Land verlassen. Was glaubst du, wer du bist?«

Lux musste jetzt schweigen, doch sie würde dies nicht freiwillig tun. Er schnallte sie von seinem Rücken ab. Sie strampelte und fuchtelte wild vor seinem Gesicht, versuchte ihn zu kratzen. Doch er hielt sie in gebührendem Abstand und blieb ganz ruhig. Sie musste seine Entschlossenheit spüren, denn sie blieb stumm.

»Diesmal nicht, du kleine Giftspinne.«

Case knotete einen Gummi von der Tasche ab, nahm die kleine Astschere von seinem Gürtel, band das Gummi über die Holzgriffe der Schere, sodass die Klingen geöffnet blieben.

Lux beäugte ihn arglistig.

Er öffnete seinen Mantel und zog das Hemd aus der Hose.

Aus seinem Bauchnabel wuchs die Nabelschnur wie ein ledriger, fingerbreiter Schlauch und wand sich um seine Hüfte.

»... du wirst doch nicht ...«, schrie Lux auf, als sie ahnte, was er vorhatte.

Case legte die geöffneten Klingen eng an der Nabelschnur an und band das Gummi um die Griffe, befestigte dann geschickt mit einem weiteren Gummi die Vorrichtung am Gürtel und verknüpfte sie mit einer Schlüsselkette zu seinem Unterarm. Eine hektische Bewegung, etwa beim Rennen, würde ausreichen, die Kette zu spannen, den Gummi am Griff abzuziehen. Die gespannte, messerscharfe Klinge und Gegenklinge würde zuschnappen, sich in den Nabel schneiden wie die Scheren eines Krebses und die Nabelschnur durchtrennen oder zumindest schwer verletzen.

»Du wirst wahrscheinlich zuerst verbluten«, er blickte fest in Lux' zuckende Pupillen, die all seine Vorkehrungen verfolgt hatte, »und erst dann ich selbst; ich habe den größeren Körper. Vielleicht wird mich eine Ambulanz retten können, vielleicht könnten sie die Blutvergiftung mit ihren Medikamenten stoppen. Aber egal wie es mit mir ausgeht. So oder so, es gibt eine Riesensauerei, bei der du auf alle Fälle verlieren wirst.«

Langsam nahm er das kleine Messer aus der Hosenseite und begann beide Riemen des Rucksackes anzuschneiden. Lux' Augen weiteten sich entsetzt.

»Ein Wort nur von dir, bloß ein Laut, nur ein verräterisches Gezeter und ich werde losrennen müssen. Das werden die Riemen nicht aushalten. Und es wird mein und dein letzter Sprung sein, ehe der Blutverlust uns ohnmächtig macht.

Ich werde vielleicht jämmerlich verbluten, aber eines ist sicher, du wirst es gewiss zuerst. Halte dich an diese Vereinbarung und zwinge mich zu keiner hektischen Bewegung.«

2 ROTER SALON

Vom Kamm des Berges erblickte er die ersten spärlichen Lichter schmuckloser Zweckbauten – graue, quadratische Plattenbauten des Vorortes von Sill, das in der Talfalte vor der großen Spalte lag.

Die große Spalte war von Case' Standpunkt aus nicht auszumachen, zumal der Regen die Sicht verschlechterte, sie war jedoch durch die abrupt abbrechende Kante aus Lichtern der Straßenlaternen und Gebäude diesseits der Grenze zu erahnen. Case fühlte die Energie der Aufregung durch seinen Körper strömen.

Trotz der schlechten Sicht konnte er die stark beleuchteten, breiten Zubringerstraßen zu den Abfertigungsarealen der Checkpoints erkennen. Sie führten auf einen riesigen asphaltierten Platz mit unzähligen, parallel verlaufenden Zuggleisen und Autobahnen, die schließlich trichterförmig, zu Hauptspuren gebündelt, in die Portale der Trans-Canyon mündeten.

Der Anblick der Trans-Canyon ließ ihn erschaudern. Alles hatte er über sie gelesen. Doch jetzt übertraf sie alle seine Vorstellungen. Sechs doppelspurige, hell beleuchtete Highways für KFZ und Güterverkehr mit Gleisen und Fahrspuren streckten sich wie dünne Fühler über den höllenschwarzen Abgrund. Sie überspannte wie Schnüre aus Beton und Stahl den Riss der Erde, diesen mächtigen Schlund, zweitausend Meter in die Tiefe und achthundert Meter in der Breite, der die beiden Kontinente und die Menschheit in Nord und Süd trennte. Über dieses Nadelöhr verkehrten supermoderne Schnellzüge genauso wie dröhnende Loks, riesige Trucks und kleinere Transporter und PKWs, um die schweren Güter und Arbeitskräfte zwischen den beiden konkurrierenden Nationen zu transportieren.

Autos und Züge konnte er keine erkennen, doch die riesigen LKWs sahen von hier aus wie kriechende Lichtpunkte. Es schien noch nicht viel los, so früh am Morgen. Der Puls zwischen den beiden Reichen lag noch im Schlafmodus.

Er sah auf die Armbanduhr.

Dort unten wartete Manlow, um ihm die Dokumente für seine Überfahrt mit dem Trans-Grand-Zug über die Spalte zu geben. Case war sich bewusst, dass dies alles nicht aus Menschlichkeit geschah, sondern ein nüchternes Tauschgeschäft war. Informationen über zentrale Informationstechnologien des Reiches gegen ärztliche Versorgung und ein Leben in Freiheit.

Ein Gedanke, wie aus dem Nichts, ließ ihn zusammenzucken.

Erleichtert tastete er nach der kleinen, harten Hülle des Arcanas in seiner Umhängetasche und sein Puls beruhigte sich langsam wieder. Der Stick mit allen

Daten, die er gesammelt hatte, war sein wertvollstes Gut und sicher verpackt in seiner Hosentasche. Er war seine Lebensversicherung für ein Leben in Neumerika. Nicht auszudenken, ihn zu verlieren.

Für Pangäa war er ab jetzt ein Verräter, ein Whistleblower. Mit der Flucht ging er das größte Risiko ein. Es gab nur diese Chance. Nur diesen Weg. Dieses Überraschungsmoment, das er nutzen musste. Wenn sie sein Bett leer auffänden, wussten sie Bescheid. Sollte es ihm nicht gelingen, den Mittelsmann zu finden, ihm den Arcana auszuhändigen und dafür die nötigen Papiere für die Passage zu bekommen, wäre das sein und Lux' Tod. Er stemmte sich gegen den Wind und den Regen und zog die Mütze wieder tiefer in die Stirn. Schnell strich er die Angst von sich. Doch die Gedanken in seinem Kopf hörten einfach nicht auf sich zu sorgen.

CASE HATTE sich die Adresse des Roten Salons gut eingeprägt. Er lag in Fußnähe eines riesigen LKW-Parkplatzes, der gut zur Hälfte mit Trucks belegt war. Die meisten Trucker hatten die Vorhänge ihrer Führerstände zugezogen. Nur bei vereinzelten schimmerte durch die bunten Stoffe Licht. Die anderen mussten alle schlafen. Der Rote Salon ... Was hatte er sich nicht alles ausgemalt ... etwas Schönes ... doch was er jetzt sah ...

Über der zugesperrten Tür des Betonkastens klackerten schäbige rote Neonbuchstaben mit dem Schriftzug *Salon* aufgeregt an ihrer Aufhängung gegen den abblätternden Putz. Der vierstöckige Kasten reihte sich in den zweckmäßigen, heruntergekommenen Platz ein. Es war ein billiges Motel mit wahrscheinlich schäbigen Zimmern und einer Bar mit leichten Frauen zur Abwechslung für die Gäste und die Trucker.

Die Tür war durch eine Metalltür mit doppelten Flügeln ersetzt worden. Zu dieser frühen Zeit war sie verschlossen. Ursprünglich war das Haus wohl ein gewöhnlicher Wohnbau. Die Fenster waren mit schwarzen Brettern verschlagen.

Case drückte den eingelassenen Metallknopf an der Seite.

Einige Sekunden geschah nichts. Ein gepanzertes Patrouillenfahrzeug pflügte durch eine Pfütze und ließ ihn zusammenzucken.

Lux hielt unter der Abdeckung des Bags still und hielt sich bis jetzt an die Abmachung. Vielleicht schlief sie sogar.

Dann surrte ein Summer, er stemmte sich gegen die schwere Tür und drückte sie nach innen auf. Nicht klug. Bei einer Flucht aus dem Gebäude müsste man sie ziehen, was deutlich Zeit kosten würde.

Warme, stickige Luft schlug ihm entgegen und umhüllte seine nassen Klamotten wie ein süßlich klebriger Concon. Er spürte, wie seine Ohren glühten, und war dennoch erleichtert endlich im Trockenen und in Stille zu sein.

Er ging auf den kleinen Tresen zu, zog eine Spur aus Pfützen nach sich.

»Keinen Schritt weiter.«

Ein Glatzkopf erschien hinter der Rezeption, einem billig aus Holz zusammengenagelten Tresen, und ein übernächtigter, schmaler Typ stierte ihn grimmig an. Er sah an ihm herab und blieb an seinen dreckstrotzenden Stiefeln und der Pfütze hängen.

»Bist du Trucker? Wenn du keiner bist, kommst du hier nicht rein.«

»Ich suche Manlow«, sagte Case, ohne auf seine Frage einzugehen.

»Es gibt hier keinen Manlow, die Bar macht erst wieder um vier auf! Zimmer gibts für 30 Bucks pro Nacht. Aber nur für Trucker oder Leute mit nem gültigen Coin.« Irgendetwas kaute er, seine dünnen Lippen in dem schmalen Kinn aus Bartstoppeln verzogen sich.

»Hast du einen gültigen Coin?« Er spuckte über seine Schulter etwas Kleines aus.

»Aber bei deinem Dreck verlange ich das Doppelte.«

Case verkniff sich eine Antwort. Als wäre in diesem heruntergekommenen Schuppen irgendetwas sauber.

»Deswegen bin ich nicht da. Ich suche einen Mann mit Namen Manlow. Er regelt alles Weitere für mich.« Case musste vorsichtig sein. Er wollte dem Typen keinen weiteren Grund zur Missgunst geben oder zu verdächtig erscheinen, was er wohl längst war.

Und schon hatte er den Eindruck, dass dies gerade gehörig schieflief, denn der Glatzkopf stand nun abrupt von seinem Hocker auf und musterte ihn genauer.

»Ohne gültigen Coin geht hier nichts.«

Case zog eine Geldkarte aus seinem Beutel. »Ich zahl das Vierfache.«

»Ich mag Leute wie diese Manlows nicht. Eine bezahlte, korrupte Brut«, sagte er plötzlich.

Genauso wie du, dachte Case, aber sprach es nicht

aus, sondern nickte kaum merklich und blieb ihm zugewandt.

Gerade als er glaubte, den Mann überzeugt zu haben, fiel dessen Blick auf Case' Mantel. Er war zurückgeschlagen, ein blankes Stück der Nabelschnur lugte hervor, wand sich um seine Hüften und verschwand im Rucksack. Als er den Nabel entdeckte, erschlafften Glatzkopfs hohle Backen in den schmalen Stoppelkiefern und sein offenstehender Mund entblößte schwarze Zähne.

»Du bist ein Siam«, zischte er und wich etwas zurück. »Wir stehen hier nicht auf Abartige.«

Case spannte seine Muskeln und instinktiv glitt seine Hand in die Tasche und umgriff das Messer. Er war es gewohnt, bei gewöhnlichen Menschen auf Abscheu, Wut und Hass zu stoßen, sobald sie den Rucksack als das erkannten, was er war, die Aufrechterhaltung eines künstlichen Zustands. Ohne diese Vorrichtung wäre das Überleben eines Siampaares auf Dauer nicht möglich. Immer schon beflügelte ihre Verbindung die Fantasien der Menschen. Die Palette von Gefühlen schwankte dabei von Interesse, Neugier über Mitleid bis Ablehnung und Hass. In seinen Augen waren sie abartige Freaks, das konnte er an seinem angewiderten Blick erkennen.

»Verflucht, was hast du hier zu suchen?«

»Das geht dich nichts an!«

»Tausend!«, bellte der Typ jetzt scharf. »Ein Zimmer, eine Nasszelle. Tausend Bucks und du kriegst es.«

Er streckte fordernd seine Hand nach der Karte aus.

Case zögerte. Hatte er richtig gehört. Tausend? Dann gab er sie ihm.

Anschließend legte Glatzkopf ihm eine Visitenkarte mit einer Adresse hin. Case griff gierig nach ihr.

»Wenn du morgen keinen Coin oder gültige Papiere vorlegen kannst, melde ich euch. Sowas wie euch zwei ist nicht normal. Total eklig, wenn ich es mir genauer überlege.«

Er legte die Kredit-Karte auf den Sensor.

»Aber das glaube ich nicht. Morgen sitzt du im Knast.«

Mit einem Mal fiel die Bedeckung von Lux' Kopf und entblößte ihren bleichen Schädel.

Glatzkopf wich überrascht zurück und verzog sein Gesicht.

»Ich muss gleich kotzen!«

Angewidert warf er ihm eine Schlüsselkarte für das Zimmer hin. Case steckte sie ein.

»Gibt es hier ein Telefon?«

»Kümmer dich selbst drum!«

Lux' Ärmchen schnellte heraus und erwischte fast die linke Backe des Glatzkopfes, warf dabei das Winkemännchen um, das auf dem Tresen stand und nun scheppernd zu Boden fiel. Er schrie panisch und sah auf seinen Unterarm. Sie hatte ihn nicht erwischt.

»Verdammte Scheiße, verschwinde mit diesem Monster!«

Draußen in einer Seitenstraße zum Zubringer fand Case eine Telefonsäule.

Die Glatze hatte für das Aushändigen der Nummer

sicherlich nochmal tausend Bucks abgegriffen, da war sich Case sicher.

Zitternd, mit klammen Fingern, tippte er die ersten drei Ziffern ein, dann die restlichen acht, ohne sich noch einmal auf der Karte zu vergewissern.

Er drückte sich den Hörer an das Ohr. Der Rufton wurde unterbrochen.

Jemand hob am anderen Ende der Leitung ab, sagte aber nichts. Ihm schlug das Herz bis zum Hals.

Case räusperte sich.

»Ich bin es. Wir sind wie vereinbart am Treffpunkt.«

Am anderen Ende der Leitung blieb es still. Es knisterte. Case lauschte angestrengt und meinte ein Atmen zu hören. »Manlow?«

»Hallo! Hören Sie mich? Sind Sie Castor Pollux?«

Case' Atem setzte aus. Statt der erwarteten Stimme von Manlow sprach eine junge, glockenhelle Frauenstimme am anderen Ende der Leitung. Alles in Case schlug Alarm. Sein Puls hämmerte. War dies eine Falle?

»Hören Sie, Case, mein Name ist Allen«, unterbrach die Frau sein Schweigen. Sie sprach fließend pangäisch, allerdings mit dem typisch rauen, neumerikanischen Akzent. »*Wir sind* ab sofort für die Operation zuständig. Haben Sie den Datenstick?«

Case war einige Sekunden sprachlos. Seine Gedanken rasten. Er hatte keine Erklärung.

»Wo ist Manlow?«, bestand er vorsichtig auf seine Antwort. Er spürte wie sein Herz hart gegen die Brust hämmerte. Wieder einige Sekunden Knistern.

»Manlow ist nicht mehr an der Operation beteiligt, es gab eine – Planänderung«, rückte sie endlich raus.

»Mein Name ist Agent Allen Robinson. Sie werden keine Papiere für den Zugtransfer bekommen können.« Case' Mund war trocken und schmeckte bitter.

»Aber ...« Er war völlig überwältigt. Ihm fehlten gerade die Worte. War alles eine Falle? Hatte Manlow die ganze Zeit gelogen? Der Kontakt mit und das Vertrauen zu Manlow waren über Monate gewachsen. Es hatte sich so etwas, wenn man das in diesen Zeiten überhaupt so nennen konnte, wie ein Vertrauensverhältnis zwischen ihnen entwickelt. Manlow zeigte Verständnis für Case' Situation. Er spendete ihm sogar oftmals Trost, wenn es unerträglich wurde. Dann zeigte er ihm Alternativen auf und letztendlich eine Perspektive, die in diesen Fluchtplan mündeten. Die Gespräche erfolgten verschlüsselt über unregistrierte Leitungen. Der Plan wuchs und der richtige Zeitpunkt wurde abgewartet.

Jetzt war der richtige Zeitpunkt und Manlow verschwand unerwartet, ohne dass er etwas davon erwähnt oder zumindest angedeutet hatte.

»Beruhigen Sie sich. Sie müssen jetzt genau zuhören, sonst ist die Operation gestorben und wir ziehen uns zurück.«

Case fasste sich und wartete ab, um zu erspüren, ob er ihr trauen konnte. *Musste.*

»Ich habe Ihre Papiere. Aber es ist jetzt nicht der richtige Zeitpunkt für Erklärungen. Sie *müssen* mir vertrauen und genau zuhören. Sie sind uns sehr wichtig. Wir haben etwas umdisponieren müssen, die Zeit eilt, Manlow gehört nicht mehr zu uns.«

Case war fassungslos. Seine Knie waren wachsweich und kalter Schweiß ließ ihn frösteln.

»Ist Ihnen jemand gefolgt?«

Case hatte sich schnell wieder im Griff, es war keine Zeit, die neue Situation einzuschätzen, er musste sich darauf einlassen.

»Nein, aber ... ich verstehe noch immer nicht«, stotterte er.

»Gut. Wir haben keine Zeit für lange Erklärungen. Die Aktion und der Transfer finden schon heute statt. Sie fahren nicht mit dem Trans Canyon. Die Regierung hat den Zugverkehr eingestellt.«

»Wieso?«

»Wegen Ihnen.«

Sein Magen rebellierte, er zitterte wie ein Schoßhund.

»Das ganze Land ist im Alarmzustand. Ihr Verschwinden wurde entdeckt. Es muss jetzt wirklich sehr schnell gehen, Case. Es wird eng werden. Verstehen Sie, was ich Ihnen sage?«

»Ja, ja sicher,« rief er laut aus und musste schnell wieder die Stimme dämpfen, denn schon sahen ihn verschlagene Gesichter an.

»Wir treffen uns in drei Stunden an Areal 14.2 vor Sonnenaufgang, also sechs Uhr. Sie steigen in den schwarzen Van, der vor der Einfahrt zur Tankstelle wartet und der sie zu mir bringt. Die Schicht am Checkpoint vor Terminal 1 wechselt kurz vor sechs und unser Mann steht dort. Wir genießen Diplomatenstatus. Deshalb passieren wir offiziell den ersten Checkpoint, fahren über den Trans-Continental-Highway. Am letzten Checkpoint hinter dem Canyon können wir unbehelligt passieren und haben nichts mehr zu befürchten. Sie haben es geschafft. Dann kümmern sich *unsere* Leute um Sie.«

Zu gern mochte er Allen Glauben schenken.

»Ihr Siam«, sie machte eine kurze Pause, »ist kooperativ?«

Case stellte sich die wütende Lux vor. Er sagte: »Ja, ist sie.« Auch wenn er wusste, dass sie alles andere als kooperativ war.

»Ich kenne das Problem. Wenn nötig, haben wir ein Medikament im Badeschrank deponiert.«

Case verschluckte sich fast. Ein Medikament, ein Betäubungsmittel etwa?

»Wie stellen Sie sich das vor? Wir sind Siams.« Er spürte, wie sein Herz schneller schlug. Lux regte sich wieder im Bag, um zu signalisieren, dass sie jedes Wort selbstverständlich mithörte.

»Unsere Blutkreisläufe und Herzschläge sind gekoppelt. Alles, was ich zu mir nehme, assimiliert sie und umgekehrt. Das ist nicht möglich.«

»Das ist uns bewusst. Wir kennen die Anatomie von Siams. Wir haben die Dosis des Pethylamphetamins auf Ihr unterschiedliches Körpergewicht abgestimmt. Eine Kapsel wird Ihre Schwester ruhigstellen und Sie selbst nur wenig in Mitleidenschaft ziehen. Vielleicht wird ihr Sprachvermögen kurzzeitig eingeschränkt sein, aber Sie werden handlungsfähig bleiben. Nach spätestens einer Stunde baut sich der Wirkstoff ab. Wir werden ihr auf jeden Fall die Dosis verabreichen, nachdem Sie in unserem Van eingestiegen sind. Wir können uns kein

Risiko erlauben. Sorgen Sie dafür, dass sie kooperiert. Sonst werden wir es tun.«

»Sie können es ihr direkt selbst sagen. Sie hört mit.«

Sofort hörte Lux mit dem Strampeln auf.

Kurz schwieg die Frauenstimme am anderen Ende der Leitung und sagte dann:

»Gehen Sie jetzt zurück in Ihr Zimmer. Duschen Sie sich und ziehen Sie sich saubere Kleidung an. Im Schrank habe ich etwas zurücklegen lassen. Nicht modisch, aber zweckmäßig und müsste passen. Auch für sie. Ruhen Sie sich noch ein bisschen aus. Aber schlafen Sie nicht ein. Erregen Sie kein Aufsehen.

Kommen Sie pünktlich.« Sie machte eine kurze Pause. »Achten Sie darauf, dass Ihnen niemand folgt – und bringen Sie den Speicher mit.«

»Wie finde ich den Weg?«

»Es ist nur zwanzig Minuten zu Fuß von hier.

Auf dem Tisch liegt eine Wegbeschreibung. Es ist einfach zu finden.

Noch einmal – seien Sie pünktlich. Drei Stunden, dann schließt sich das Zeitfenster und wir können nichts mehr für Sie tun. Ich hoffe, Sie wissen unseren Einsatz zu schätzen, Case.

Case?«

»Ja, sicher«, nuschelte er mehr in Gedanken.

»Ok, wir verlassen uns auf Sie.«

Case wollte noch fragen, wo genau an der Tankstelle er warten sollte, und die Autofarbe und Marke hatte er schon vergessen, doch dann war sie weg. Die Leitung knisterte. Case schob das Phone in die Halterung und merkte sich die Angaben, Areal 14.2. – sechs Uhr – Tankstelle.

Er blickte auf die Uhr. Das Zifferblatt war mit Schlamm bespritzt. Er wischte es mit dem Ärmel sauber. Elf nach drei.

In knapp drei Stunden. Konnte er ihnen vertrauen? Es blieb ihm keine andere Wahl. Sie hatten seine Flucht entdeckt. Früher als gehofft. War er in dem Zimmer noch sicher? Er musste vorsichtiger sein. Jetzt drohte ihnen die körperliche oder seelische Zerstörung.

3 ARCANA

Seine Gedanken kreisten. *Nicht mehr mit dem Zug. Sondern per Auto. Diplomatenstatus.* Die Planänderung machte ihn nervös. Etwas Beunruhigendes musste dazwischengekommen sein, dass sie kurzfristig die Strategie ändern mussten. Bedeuteten die Fahrzeugkontrollen doch ein höheres Risiko, entdeckt zu werden.

Aber sie schienen fest entschlossen den Stick und sie beide zu bekommen. Das eine war ohne das andere nutzlos, so viel hatten sie über die MRU verstanden. Sie wollten die Devices unbedingt. So oder so, es gab kein Zurück mehr. Er hatte keine andere Wahl und würde ihnen vertrauen müssen. Er wollte sich vollkommen darauf konzentrieren.

Alles andere wäre ihr sicherer Tod.

In das Motel kamen sie mit der Schlüsselkarte ohne Schwierigkeiten. Niemand schien ihnen zu folgen. Der Gang war funzelig beleuchtet. Hinter dem Tresen lugte bewegungslos der kahle Hinterkopf von Glatzkopf hervor. Glatzkopf döste vielleicht oder machte sich nicht die Mühe aufzublicken. Case war darüber erleichtert. Er zitterte, auch weil es draußen so bitterkalt gewesen war und sie komplett durchnässt waren. Sie mussten sich waschen, trocknen, wärmen, essen und außerdem sich etwas ausruhen.

Hinlegen.

Damit er nachher fit war. Jetzt war er bloß fertig. Das Adrenalin pushte ihre Körper und ließ sie in der Wärme in ein kleines Loch fallen.

Wenn es vorbei wäre, es geschafft war – und das musste er sich jetzt einreden, denn er wollte keinen anderen Gedanken zulassen – würde er bestimmt nicht mehr schlafen wollen. Ein Jahr lang nicht mehr aus seinem Bett kommen, was hätte er noch vor Wochen dafür gegeben. Doch jetzt war da das Tor zur Freiheit. So viel zu tun, alles zu entdecken. Von diesem Neumerika.

Ihr Zimmer roch überraschend angenehm nach blumigem Putzmittel. Irgendetwas mit Lavendel. Ein frisch bezogenes Bett, Schrank, Tischchen neben dem Fenster in den Hinterhof. Ein kitschiges Landschaftsbild hing an der Verbindungswand zur Nasszelle. Alles war besser als erwartet. Es war einfach, aber sauber eingerichtet und es war warm und still.

Case löste vorsichtig die Kette von seinem Arm, schob behutsam den Pullover nach oben und zog dann langsam die Griffe aus dem Gürtel, um die gespannten Klingen zu entschärfen. Ob sie wirklich den Nabel durchtrennt hätten, konnte er nicht sagen. Auf jeden Fall hatte die bloße Möglichkeit bei Lux genügend Eindruck hinterlassen und sie zum Schweigen gebracht.

Er wusste nicht, was er gleich beim Checkpoint mit ihr anstellen sollte, doch wischte schnell das Nachdenken darüber fort. Das Medikament war nur das letzte Mittel, er musste hellwach bleiben. Ihm würde etwas einfallen.

Die völlig durchnässten Stiefel bekam er kaum runter, Socken, Mantel und Oberwäsche streifte er ab und deponierte alles in einem wirren Knäuel neben der Tür. Ein Teil müsste er entsorgen. Frische Kleidung, Unterwäsche, eine Hose und Pullover, auch für Lux, hingen im Schrank. Mit den nassen Schuhen musste er wohl leben.

Lux schwieg, ganz gegen ihre sonstigen Gewohnheiten. Wahrscheinlich war sie selbst auch komplett erschöpft.

»Ich mache uns sauber und du bekommst trockene Sachen. Hast du Hunger?«

»Ja.«

»Zuerst sauber machen, oder?«

»Ja.«

Die täglichen Routinen der Hygiene und Essenszeiten waren die wenigen Momente am Tag, in denen sich zwischen ihnen fast so etwas wie eine Harmonie einzustellen pflegte.

Für viele Außenstehende mussten ihre gemeinsamen alltäglichen, menschlichen Verrichtungen etwas zutiefst Verstörendes haben. Toilette, Hygiene, Essen, Schlafen.

Für sie beide war die Nähe Normalität, auch wenn in ihnen zwei Herzen schlugen, zwei Köpfe grübelten und zwei Augenpaare unterschiedlich auf die Welt blickten, so floss und mischte sich in ihren Adern das gleiche

Blut. Zwillingsblut. Auszeit vom anderen gab es nur, wenn der eine schlief. Und so hatten sie sich tatsächlich auf wenige Stunden am Tag geeinigt, in denen der eine unbehelligt vom anderen sein konnte.

Einige Schnüre des Bags waren zu straff verknotet und Case musste sie mit der Schere durchtrennen. Kein Problem, er hatte noch genügend weitere eingepackt.

Lux ächzte wie eine alte Frau, als er ihren dürren, bleichen Körper aus dem Beutel zog.

Er roch nach Urin. Sie hatte sich eingenässt.

Er setzte sie auf die Toilette und drehte sich um.

»Danke«, sagte sie.

Danach setzte er sie ins Waschbecken, während er selbst im Stehen pinkelte.

Er hob sie hoch und ließ den Duschhahn laufen, bis das Wasser angenehm warm war.

Dann duschte er sie von Kopf bis Füße ab, schäumte sie gründlich ein und duschte es ab. Als er plötzlich die Schürfungen an Lux' Schläfe entdeckte. »Woher kommen die?« Er sah sich die Stelle genauer an. Die Haut war stark gerötet. »Ich werde dir gleich etwas Salbe drauftun.«

Die ganze Zeit sprach Lux kein Wort. Case konnte alles sehr gründlich machen, fast so wie zuhause. Diese Zeiten waren die Besten.

Zuhause. Er versank in seinen Gedanken.

Er kannte nichts anderes als das weite Plateau in den Zentralbergen, die hinter Drahtzäunen abgeschottete Anlage. Oft blickte er aus den dickverglasten Rundfenstern über die weiten, schneebedeckten Flächen, auf denen der Wind den Schneestaub in die Lüfte hob und wie einen kleinen Wirbelsturm tanzen ließ und er nichts zu tun hatte, als zu warten, bis Lux völlig ausgepowert ihre Schicht beenden durfte, seinen Gedanken nachzuhängen und seine Lebenszeit zu verschwenden.

Er spürte dabei Lux' Erregung und ihre sanften Bewegungen, ihre Erschöpfung auf seinem Rücken. Ihre Erregung während ihrer neuronalen Verbindung zu spüren, machte auch ihm körperlich zu schaffen. Nächtelang lag er deswegen wach, fand wegen dem Brennen an seinem Nabel keinen Schlaf. Es war ihre Aufgabe, an einer der vielen neuronalen Schnittstellen angeschlossen und mit anderen Siams konnektiert und zusammengeschaltet zu sein.

Er und Lux wurden als Siampaar geboren, eines unter Dutzenden der MRU-Einheit.

Ihre leiblichen Eltern kannten sie nicht. Schon kurz nach der Geburt wurde die Nabelschnur operiert, verstärkt, verlängert und schließlich Lux als die Sensiblere ausgewählt und mit einer neuronalen Schnittstelle konfiguriert. Nur Zwillingen kamen für die entscheidende Qualität der neu entdeckten Technik in Frage. Denn es brauchte zwei genetisch ähnliche mit dieser Fähigkeit.

Unter dem Welle-Teilchen-Dualismus verstand man einen klassischen Erklärungsansatz der Quantenmechanik, der besagte, dass Objekte sich in manchen Fällen nur als Wellen, in anderen als Teilchen beschreiben ließen. Die beiden Zustände konnte der sensiblere Part eines Geminipaares unterscheiden und mittels des Device' bewusst eine Fusionsreaktion der Bosone auslösen. Eine unerschöpfliche, neue Energiequelle war entdeckt. Case kam dabei die passive Rolle des Gegenpartes zu. Das eine existierte nicht ohne das andere. Teilchen und Wellen. Lux war sozusagen der Teilchenbeschleuniger, er die Welle.

Anfangs wurden sie von schweigsamen Ammen versorgt, später sicherte Case mehr und mehr ihre biologische Existenz. Lux' Ausbildung dauerte, bis sie sieben Jahre alt wurde. Ihr Körper blieb zurück, verkümmerte. Fortan katalysierte sie Startprozesse der Quantengeneratoren des Reiches. Einer streng geheim gehaltenen Technik, dem einzigen technologischen Vorsprung vor Neumerika. Ein Leben im Dienst der großen Nation.

Wie er erst sehr spät herausfand, lagen die Anlagen und Wohngebäude der Geminis nur unweit des künstlich angelegten, geometrisch präzisen Stadtnetzes der Millionenmetropole Cube entfernt. Dreh- und Angelpunkt der Führung und exekutiven Macht Pangäas. Sie waren stets nur wenige Kilometer vom normalen Leben entfernt, wie es Millionen Bewohner in Cube lebten. *Ein normales Leben.*

Er ließ das heiße Wasser lange über sich prasseln und konnte sich einige Sekunden einfach nur an der Hitze auf seiner Haut erfreuen. Im Hier und Jetzt.

Als sie beide fertig geduscht, getrocknet und frisch angezogen waren, begann Lux wieder zu sprechen:

»Werden sie uns trennen?«, fragte sie und ihre Stimme klang wie die einer jungen Frau.

Er blickte ihr in die Augen, dann wieder weg. Diese Frage war ihm unangenehm.

»Ich denke, sie werden es versuchen«, antwortete Case, berührt von ihrer Zartheit.

»Ich habe Angst davor.«

»Ich weiß, aber du musst dir keine Sorgen machen. Es reicht, wenn ich es tue.«

Auf dem Tisch lag eine Visitenkarte, auf dem ein kleiner Ausschnitt einer Straßenkarte zu sehen war. Eine mit Stift aufgezeichnete Linie zeigte den Weg, den sie gleich zum Treffpunkt nehmen mussten.

Case sah auf die Uhr und rechnete. Ein bisschen Zeit hatten sie noch.

Sie aßen ein wenig von dem eingepackten Trockenfleisch, das auf dem Tisch lag, und tranken ein süßes Teegetränk aus einer Pappverpackung.

Dann bettete Case seine Schwester neben sich auf das Bett und legte sich selbst auf den Rücken. Er löste die Uhr von seinem Arm und legte sie auf die Kommode. Ein geschliffener Stein lag als Zierde darauf.

Er spürte, wie Lux mit den Herzmuscheln spielte. Das tat sie immer, wenn sie Trost und Ablenkung suchte, schon als Kleinkind. Eine der weißen Muscheln aus ihrem Beutel ließ sie dann durch die kleinen Fingerchen gleiten, die sich dabei fast zu verknoten schienen.

Zeigefinger, Mittelfinger, Daumen. Noch einmal.

Es hieß, die Muscheln wären von ihrer Mutter. Sie pflegten das Spiel zu beenden, indem Case streng sprach: *Pass auf, dass du dir die Finger dabei nicht verknotest.* Und dann gurrte Lux aus tiefstem Herzen.

Doch in dieser Nacht schlief Lux sofort ein, ohne den Spruch einzufordern. Ihr Atem röchelte.

»Pass auf, dass du dir die Finger dabei nicht verknotest«, flüsterte er und steckte die Muscheln leise zurück in ihren Beutel.

Er starrte auf die Decke und schloss die Augen.

Was erwartete ihn dort drüben? Würden sie sie trennen können und werden sie beide überleben? Konnte er ihnen vertrauen? Warum war Manlow nicht mehr dabei? So sehr er diesem Tag entgegengefiebert hatte, so sehr fürchtete er sich jetzt vor dem Finale. Nicht nur die Flucht, auch das Danach machte ihm Angst. Die Müdigkeit ließ in abgleiten. Er träumte von einem Sprung in kristallklares, türkises Wasser an einem der endlosen Strände von Neumerika.

Bis jäh der Alarm auslöste.

Case fuhr erschrocken hoch. Er war doch eingeschlafen. Hastig sah er auf die Uhr und war hellwach. Es war Zeit.

Er drehte sich zu Lux. Das Bettlaken war aufgewühlt. Sie war weg. Er stieß sich hoch, spürte die Spannung auf dem Nabel und sein Herz hämmern, als er sie sah.

Lux kauerte mit dem Rücken zu ihm neben der Tür auf dem Boden und hantierte an dem Haufen mit den nassen Klamotten. Während er schlief, war sie aus dem Bett gekrochen. Die Nabelschnur war gerade lang genug bis zur Tür gewesen. Jetzt war sie komplett gespannt.

»Was machst du da? Warum bist du schon aufgestanden?«

Sie war an der Tasche.

»Sie werden uns nicht trennen. Das werden sie nicht schaffen.« Lux' Stimme war aufgebracht und wütend. Sie blutete an ihren Schläfen.

»Was zum Teufel ...? Du kannst doch nicht ...«, schrie er und sprang aus dem Bett.

Lux hatte die braune Hülle des Arcana in ihrer Hand, sie biss erneut hinein, schlug mit dem geschliffenen Stein vom Tisch darauf ein. Plastik splitterte. Sie hörte nicht mehr damit auf. Case war mit einem Sprung bei ihr, schlug es ihr aus der Hand. Das, was von der Plastikhülle übriggeblieben war, flog wie ein Geschoss durch das Zimmer, knallte gegen die Tapete und blieb schließlich auf dem Boden liegen.

Case stürzte hinterher und zog dabei Lux ein Stück an der Nabelschnur nach.

Sie schrie auf und fauchte wie eine wilde Katze.

Zitternd nahm er das ramponierte Etui in die Hand und untersuchte die Schnittstellen. Der Metallstreifen war komplett verbogen. Der Carbonkern war aufgesprungen und der silberne Kern glänzte frei. Case drehte ihn ins Licht. Das empfindliche Metall darin oxidierte bereits und verfärbte sich rötlich.

»Sie werden uns nicht trennen.« Lux rappelte sich auf ihren Stummelbeinen hoch, doch fiel gleich wieder hin, sie konnte damit nicht gehen.

»Verdammt, halt endlich dein Maul«, schrie Case. Tränen der Wut rannen ihm über die Wangen. »Versteh endlich, dass das ein Ende haben muss. Ich hätte es ahnen können, dass du unendlich und abgrundtief undankbar bist. Ich hasse dich!«

Lux begann mit den Augen zu zwinkern, fast so wie bei einem ihrer Anfälle.

Sie kratzte sich unablässig am Kopf. Ihre Hände waren blutverschmiert. Was war das? Er konnte ihre Manieren nicht mehr ertragen. »Hör auf damit«, schrie er.

Hastig kramte er den Connector aus seiner Tasche und versuchte den Stick daran anzuschließen. Doch die Stecker waren komplett verbogen und unbrauchbar. Er versuchte die Öse zurechtzubiegen, aber für das, was Lux mit ihren Zähnen angerichtet hatte, hatten seine Finger nicht genug Kraft. Der Stecker passte nicht mehr hinein. Case fluchte. Den ramponierten Stick zu aktivieren oder Daten zu öffnen war unmöglich.

Case nahm fahrig eine Metallfolie aus dem Rucksack und wickelte das, was vom Stick übriggeblieben war, darin ein. Vielleicht konnte er damit die Oxidation verlangsamen. Vielleicht konnten sie einige Daten retten. Doch sein ungutes Gefühl überwog.

Ein Hieb traf unerwartet seinen Unterarm und hinterließ ein scharfes Brennen und unschöne Kratzer auf seiner Haut, die sich sofort mit Blut füllten. Case sog die Luft zischend ein. Lux schrie wie der Teufel, ihr Gesicht war puterrot, sie hörte nicht mehr auf, steigerte sich in den Anfall. Case warf ihr in einem Anflug heftiger Wut den Bag über den Kopf und hielt sie so lange fest, bis sie ihren Widerstand aufgab.

Entschlossen und grob drückte er sie in den Rucksack und zog die obersten Schnüre fest, damit sie nicht wieder von allein herausklettern konnte. Sie jammerte, dass ihr das Bein wehtäte. Das geschah ihr gerade recht.

Er stürzte ins Badezimmer, riss den Spiegelschrank auf, fand die gelbe Medikamentenpackung im obersten Regal. *Pethylonox.* Er riss die Seite auf. Es waren fünf Pillen, eingeschweißt in einer durchdrückbaren Blisterverpackung. *Eine* wäre die richtige Dosis. Nicht jetzt, er musste klar bleiben. Er steckte das Medikament hastig ein und sah auf die Uhr.

Halb nackt rannte er zu den frischen Kleidern. Sie waren zu spät dran. Jetzt wurde es doch noch knapp. Sein Puls hämmerte. An seiner Hand klebte Blut. Lux' Blut. Er wischte sich die Finger am Hemd ab.

4   AREAL 14

VOR SONNENAUFGANG MUSSTE er am *Checkpoint sein*, hatte die Frau, die sich Allen nannte, gesagt. *Ihr* Verbindungsmann hätte dann Schicht. Hatte er richtig gehört? Sie hatten Diplomatenstatus? Der Plan war jetzt ein anderer. Nicht mehr den Zug über die Trans-Canyon nehmen und im Schutz hunderter Passagiere verschwinden. Sondern mit einem Auto? Wie konnten sie dabei unerkannt bleiben? Ein flüchtiges Siampaar, so unauffällig wie eine bunt angemalte Reklametafel.

Lux trat ihm unablässig in den Rücken. Das Adrenalin in seinen Adern machte sie und ihn hellwach. Doch die Wirkung der Pille hätte ihn behindert, der Knebel musste genügen. Er wollte möglichst wenigen Menschen über den Weg laufen, niemanden provozieren. Er stieß genervt mit dem Ellbogen gegen den Bag. »Hör endlich auf damit. Du änderst dadurch nichts.« Doch sie hörte nicht und strampelte weiter. Case seufzte.

Doch jetzt musste er sich konzentrieren.

Denn Truck an Truck, Reihe an Reihe, zu Zehntausenden standen die Zweihunderttonner in dieser Nacht mit ihren verchromten Kühlergrillen in den platten Gesichtern nebeneinander. Wie ein Fischgrätenmuster aus Zufahrtsstraßen und Parkplatzreihen mit Haupt- und Nebenadern, exakt liniert durch Fahrbahnmarkierungen, Navigationssensoren, Leitplanken und Laternenmasten, deren Lichter sich in den nassen, ölverschmutzten Pfützen spiegelten.

Er konnte ihr Ende nicht ausmachen. Ein künstlich geschaffenes Labyrinth aus Fahrzeugen – so undurchdringlich wie die Polyesterwände der LKWs. Warum so viele?

Die Anlage erinnerte ihn an elektrische Schaltpläne und Quantenelektronik, die er studiert hatte und die sich nun vor seinem Geiste wie Landkarten ausbreiteten.

Case warf einen angestrengten Blick auf die Wegbeschreibung. Um Areal 14 zu erreichen, musste er diese Stadt aus Trucks durchqueren. Zwanzig Minuten bis zum Treffpunkt brauchte er bestimmt. Hoffentlich verlief er sich nicht, hoffentlich warteten sie auf ihn. Endlich löste er sich aus seiner Erstarrung – viel zu viel Zeit hatte er bereits mit sinnlosen Gedanken verloren.

Er betrat einen schmalen Fußgängersteg, der über den Autobahnzubringer zu den Trans-Canyon-Terminals gespannt war, und sah auf eine endlos lange Lichterschlange aus Scheinwerfern der im Stau stehenden Trucks, die die Checkpoints und Grenzposten passieren wollten, aber nicht mehr konnten.

Die Grenze war dicht. Ein Megastau war die Folge. Er spürte einen leichten Schwindel und wie sein Puls raste.

Case sah, wie die ersten Trucker ihre Wagentüren aufstießen und zum Pinkeln in die Leitplanken schlurften oder in kleinen Gruppen standen und debattierten, wie es weitergehen konnte. Ein Blaulicht leckte aufgeregt an den Flanken der Trucks und bahnte sich einen Weg durch die enge Spur, die noch frei gelassen wurde.

Ein hohes Surren, wie die Flügelschläge tausender Insekten, lag über den grauen Wolken. Er hatte gehört, dass die Überwachung eine neue Drohnentechnik einsetzte. Doch das waren nur Gerüchte. Das Sirren entfernte sich wieder.

Rauchsäulen der Schornsteintürme am Rande des Areals schimmerten und ließen die Luft sauer schmecken. Dahinter, weit am Horizont, lag die große Spalte wie eine tiefe Wunde, eine natürliche Grenze, die die Kontinente voneinander trennte und die nun nicht mehr unüberwindbar schien. Sein Ziel war zum Greifen nah.

So nah wie noch nie zuvor. Er zitterte leicht, hörte sein Herz wummern, seine Anspannung war ein Dauerzustand.

Case nahm einen tiefen Atemzug der nasskalten Luft. Er rannte eine Rampe hinab und hielt sich an der Hauptachse immer geradeaus. Alle Parklücken waren mit Sattelzügen besetzt, links wie rechts. In den Kabinen vieler Fahrer war schon Licht, einige hatten ihre Fahrertüren offenstehen, andere inspizierten ihre Aufleger oder schlurften zu den Automaten der Kioske, um sich einen Kaffee oder Kippen zu ziehen.

Sie beachteten ihn kaum. Wenn er die nächste Abzweigung nähme, könnte er vielleicht eine Abkürzung nutzen und die vertrödelte Zeit wieder aufholen. Zehn Minuten zu spät, das wäre doch akzeptabel.

Vieles über das *normale* Leben hatte er gelesen und auswendig gelernt, aufgesogen wie ein Schwamm. In unzählige Stunden der Früh- und Spätschichten im Bau, in denen Lux die feinen Quantenströme am Laufen hielt und ihr zartes Köpfchen an den Konnektoren wund rieb, hatte er die Zeit dazu, sie zu studieren.

Zeit, die nicht vergehen wollte und die er nur ertrug, indem er begann, Wissen und Theorien der digitalen Bibliotheken in seinen Lese-Device herunterzuladen, zu verstehen und sich einzuprägen, bevor sie wieder gelöscht wurden, weil der Speicher zu klein war.

Er glaubte aber, dass das Leben dieser Menschen hier anders war, was er sich so nicht vorgestellt hatte. Sie waren Transportnomaden, die in ihren Zweihunderttonnern lebten, in einer rollenden Stadt. So anders als die Welt, die er kannte. Er war begierig, endlich alles kennenzulernen.

Der Morgen würde sich bald über den trostlosen Transferterminals heben, das fahle Licht in diesem Winterhimmel wie ein Wasserfall die Ebene fluten und das ganze Ausmaß zeigen. Doch all das half ihm jetzt wenig. Er musste sich beeilen.

Ein stinkender Müllwagen pflügte durch eine Pfütze und hielt an einem nächstgelegenen Toilettenhäuschen. Case zuckte zusammen. Zwei Männer entleerten krachend überquellende Mülltonnen und sprangen wieder auf den Wagen.

Erleichtert sah er den riesigen Mast mit der beleuchteten Ziffer 14 in der Ferne aufragen. Doch plötzlich glaubte er, einen weghuschenden Schatten hinter einem Sattelzug gesehen zu haben, der hinter dem nächsten Auflieger verschwand. Jemand folgte ihm. Seine Hand zitterte.

Hastig blickte er sich um, hörte Schritte, die er niemandem zuordnen konnte.

Er bückte sich, um unter den Sattelzügen einen kurzen Blick zu erhaschen. Dann sah er Hosenbeine. Jemand schlich hinter einem LKW zum nächsten. Hatten sie ihn entdeckt? Er hielt die Luft an.

Ein Motor heulte plötzlich auf. Es war ein Streifenwagen, der abbremste und jetzt langsam die Reihen abfuhr.

Unerwartet schaltete die Streife das Blaulicht ein und der Wagen beschleunigte wieder, raste in seine Richtung.

Geistesgegenwärtig duckte Case sich weg und versteckte sich hinter dem nächsten Führerhaus. Doch das bot ihm keine wirkliche Deckung. Sie suchten ihn, das stand fest. Er horchte in den prasselnden Regen. Die Schritte konnte er jedoch nicht mehr hören.

Das Polizeiauto machte plötzlich kehrt. Er blieb regungslos stehen, nur sein Herz wummerte. Langsam fasste er nach dem Haltegriff an der Trittstufe und sprang ungefragt durch die offenstehende Tür des Fahrerstandes und verschwand.

Der Streifenwagen blieb stehen. Das Blaulicht zuckte durch das Seitenfenster ins Innere.

»Hey, wer hat dir erlaubt?« Case fuhr herum, der Schreck fuhr ihm in die Glieder. Aus dem hinteren Teil, der angrenzenden Schlafkabine rappelte sich eine halbnackte Gestalt auf. Ein süßlicher Geruch schlug ihm entgegen. Die Frau kam einen Schritt auf ihn zu, ihr Schädel war an den Seiten rasiert, sie trug als Frisur einen blauen Irokesenkamm und sah aus wie ein alternder Punk.

Sie griff nach einem Schraubenschlüssel und hielt ihn drohend in die Höhe. Ihre Fingernägel waren schwarz lackiert. Sie stand bebend da, nur mit einem ärmellosen Unterhemd und Slip bekleidet. Seitlich quoll das Fett dicker Brüste heraus. Er sah, wie schlaff die Haut an ihren Arme herabhing und die schlechten Tätowierungen von stilisierten Schlangen, die sich darauf tummelten. Sie musste seine Blicke bemerkt haben. Es war ihm fast peinlich.

»Wer bist du?«, schrie sie ihn feindselig an. »Verdammt, ich schlag dir die Nase platt. Willst du etwas klauen?«

Case wich zurück. Er musste auf jeden Fall die Frau beruhigen.

»Ich bin kein Dieb.«

Das Blaulicht zuckte durch die Fenster und über ihr Gesicht, dessen Alter er nicht einschätzen konnte. Die ledrige Haut hatte Flecken und Narben.

»Lüg nicht, Jungchen. Ist etwa die Polizei hinter dir her?«

»Ich weiß es nicht. Ja, vielleicht ...«

»Verdammt, was heißt hier vielleicht? Was hast du hier zu suchen?«

»Ich musste mich verstecken. Ich wollte nicht, dass mich die Polizei findet. Aber ich bin kein Dieb.«

»Und du denkst, ich glaube dir?«

Sie musterte ihn feindselig, ließ dann aber ihren Arm sinken. Das gab ihm Zeit, die Situation einzuschätzen. Das Fahrerhaus maß mehrere Meter und war größer, als es von außen den Anschein machte. Ein kleines, rollendes Zuhause. Dieses war jedoch schäbig und ungepflegt. Hinter dem Cockpit stapelte sich schmutziges Geschirr in der kleinen Kochnische. Ein überquellender Abfallbehälter stand offen, aus ihm stammte wohl der penetrante Geruch von Verdorbenem.

An den Kabinenseiten und den Ecken zum Dach entdeckte Case gefährlich lose Kabelenden, die nicht isoliert waren, an einer davon hing eine funzelige Lampe. Überall fand sich elektronisches *Kinderspielzeug*. Die Elektroinstallationen dieses Zuges waren heruntergekommen und lebensgefährlich.

Case schreckte zurück, als er an einen Glaskasten neben der Kabinentür stieß, daraufhin ein grelles Licht aufflackerte und damit das in dem Aquarium eingezwängte Etwas dazu animierte, mit einem schmatzenden Geräusch und einem schrumpeligen, mit spitzen Zähnen bestückten Kiefer nach Luft zu schnappen und dann geräuschvoll wieder in dieser trüben Brühe abzutauchen. Ein Quastenflosser hielt sie sich hier als Haustier. Case ekelte sich. Die schäbige Elektrozuleitung der Lampe sah ebenfalls nicht sehr vertrauenserweckend aus.

»Wer soll das glauben? Meinst du, ich bin blöd?« Sie schielte auf den kleinen Screen, der an der Decke hing und auf dem eine Sondersendung vor einem Flüchtigen in der Zone warnte, und zählte eins und eins zusammen.

»Bestimmt nicht.«

»Klappe! Bestimmt hast du schon einiges mitgehen

lassen. Leere deinen Beutel?« Sie deutete auf seine Umhängetasche.

»Mach schon, oder soll ich die Polizei gleich rufen?« Sie deutete auf das zuckende Blaulicht. Case öffnete zögerlich die Tasche. Legte die Rebschere, dann das Messer auf den Tisch.

»Ey, ey, bloß langsam mit dem Messer, Freundchen«, sagte sie und hob wieder den Schraubenschlüssel in die Höhe.

Case versuchte sie mit einer ruhigen Geste zu beschwichtigen.

»Die Hände möchte ich sehen. Pass bloß auf. Ich rufe das ganze Areal herbei, wenn du was Krummes machst. Geht ganz schnell. Die sind eh schon da.« Sie deutete wieder auf das Fenster.

»Machen Sie das nicht. Ich gehe auch gleich wieder. Sobald die weg sind«, sagte Case.

Er hatte jetzt den Inhalt seiner Tasche ausgebreitet.

Messer, Schere, Schnüre, eine Tube Fettcreme, zwei Ersatzwindeln.

Die Frau schob das Messer zu sich und nahm es fort. Sie rümpfte die Nase, als sie die Windeln entdeckte.

»Was wollen die von dir? Du musst doch was ausgefressen haben. Jedenfalls bist du ihnen einiges wert. Und was ist das?« Sie deutete auf das eingewickelte Arcana.

»Proviant.«

Sie wickelte es auf. Zum Vorschein kam der angeschlagene Kern.

»Du lügst mich also wieder an!«, sagte sie verärgert.

»Ein Datenstick«, gab Case jetzt zu. »Er ist beschädigt. Wertlos. Hören Sie. Ich versichere Ihnen, dass ich kein Dieb bin, wollte lediglich nicht in die Polizeikontrolle geraten. Und muss jetzt los.«

Sie fing plötzlich schallend zu lachen an. Dann bekam sie sich wieder ein, griff sich das Arcana und belugte es mit argwöhnischem Blick ganz dicht vor ihren Augen.

»Ein Datenstick also. Wertlos. Wo sagst du möchtest du hin, Jungchen?« Sie sah Case eindringlich an. Case musste mit ansehen, wie sie das Arcana in einer Küchenschublade verschwinden ließ. Er wusste nicht, ob er dem Impuls nachgeben und es ihr einfach aus der Hand nehmen sollte.

»Neumerika«, sagte er stattdessen.

Sie lachte hysterisch.

»Hast du gehört, Little Tom? Neu-me-ri-ka«, sagte sie betont gedehnt. Case schwieg, schielte auf die Fahrertür.

»Du glaubst, du findest dort dein Glück, Jungchen.«

Case blinzelte aus dem Fenster. Von draußen dröhnte ein Motor, der Takt des Blaulichts wurde durch ein zweites überlagert, sie hatte Verstärkung bekommen. Stimmen und Rufe waren nun zu hören.

Er musste jetzt einfach das Arcana schnappen und hinausstürmen. Sie würde ihm sicherlich nicht hinterherkommen. Aber die Streife würde ihn entdecken und dann wäre alles vorbei, bevor es begonnen hatte.

Sie bemerkte seinen Blick.

»Ich bin auf Durchreise. Muss zu Areal 9«, schummelte er, »dort werde ich abgeholt. Ich packe jetzt alles wieder, sie geben mir den Stick und bin verschwunden. In Ordnung?«

Sie krustelte in einem Ablagefach und steckte sich eine Kippe an.

»Schon seltsam, hier durchzulatschen.« Sie kratzte sich am Kopf und blies den Rauch in den Raum. Sie schien es auf ihre einfache Art zu genießen, ihm ihre Gedanken auszuplaudern.

»Das ganze verdammte Terminal ist im Chaos«, fuhr sie fort. »Seit heute Nacht geht hier nichts mehr. Meine Tour kann ich vergessen. Jede Kiste wird umgedreht, ständig patrouillieren Streifen. Das ist das Aus für uns alle. Ich spürs, Jungchen, das endet böse. Alles wird den Bach runtergehen. Armut, Hunger, Krieg. Ja, auf das wird es hinauslaufen. Du musst wissen, uns geht es nicht wirklich gut. Du denkst vielleicht, nur weil ich ne Frau bin, bin ich schwach.

Doch jetzt kommst ausgerechnet du hier vorbei und versteckst dich in meinem Sweet Home. Und bringst ein Geschenk mit. Was für ein Zeichen des Himmels.« Sie sah in einen imaginären Himmel hinter dem mit pastellfarbenem Stoff ausgekleideten Dach des Fahrstandes. Ihre Mundwinkel bogen sich nach unten und die tiefen Falten machten ihr Gesicht verschlagen.

»Was ich nicht abkann ist, wenn man mich anlügt. Und du lügst, Bürschchen! Du sagtest, Areal 9. Das gibt es hier gar nicht, ist auf der Ostseite. Und wenn ich es mir genauer überlege, wirst du mir immer unsympathischer. Verdammt, ja ... haha.« Sie fing schallend an zu lachen.

»Die Secures drehen durch, weil ein Kerl wie du alles auf den Kopf stellt. Ich ahne, warum sie dich haben wollen und dass sie ein Kopfgeld auf dich ausgesetzt haben, sogar dafür die Grenze schließen.« Sie fuchtelte in Richtung Schublade, in der nun das Arcana lag.

»Ich weiß nicht, was auf diesem Stick so Tolles drauf sein muss«, sie machte einen tiefen Zug an ihrer Zigarette und blies den Rauch direkt in seine Richtung, »aber sie sind verdammt gierig danach.«

»Hören Sie, ich habe keine Zeit, es Ihnen zu erklären. Geben Sie mir den Stick. Ich muss weiter, Sie werden mich nie mehr sehen.«

»Gewiss, Jungchen, das werde ich«, sagte sie. »Aber davon werde ich keinen Tank voll bekommen, mir keine Reparatur leisten können. So eine Gelegenheit werden wir nicht wieder bekommen. Nicht wahr, Little Tom?« Sie rief wieder in den hinteren Bereich der Kabine, drückte die Kippe aus und nahm den Schraubschlüssel in die Hand, schlug unaufhörlich damit gegen den Stahlrahmen des Fensters.

Der Krach dröhnte in den Morgen. Von hinten drang ein tiefes Stöhnen und ärgerliches Grummeln.

»Komm, mein Schatz«, rief die Frau. »Wir haben Besuch.«

Dann riss eine haarige Hand den Vorhang auf und ein fetter, halbnackter Kerl mit stumpfsinnigem Blick und krummen Zähnen grinste ihn an.

»Der Kerl hier wollte deinem Quanti etwas Böses tun, mein Kleiner.« Die Frau nickte und deutete auf das Aquarium.

Little Toms Grinsen verschwand und er torkelte zum Glasbehälter, in dem der Fisch wieder eifrig sein Maul aufriss, weil er wohl spürte, dass sein dicker Freund ihm vielleicht etwas zu knabbern gab. Little Tom lief darauf zu, rüttelte an der Lampe, die flackerte auf, und bestrahlte den Fisch, der grün fluoreszierte, zum Leben erwachte und wie wild begann, in die Luft zu schnappen.

Little Tom griff in eine Blechdose und hielt seine Finger mitsamt dem Leckerli in das Becken. Quanti öffnete sein riesiges Maul und schnappte nach Toms Hand. Little Tom grunzte vor Freude und ließ den Fisch das Futter aus seiner Hand herauspulen. Dabei stellte er sich äußerst ungünstig vor den Ausgang und versperrte mit seinem massigen Körper Case' Fluchtweg.

»Nicht schlecht. Neumerika. Wir sind oft dort.« Sie grinste schräg zu Little Tom. »Bringt unser Job so mit sich. Es gibt dort alles, was du dir nur erträumen kannst.«

Sie zeigte ihre gelben Zähne. »Aber nicht für jeden.«

Unpassend kam sie plötzlich ins Schwärmen.

»Du findest dort dein Glück, wenn du ihnen etwas Exklusives anbieten kannst.

Denen, die das Sagen haben, meine ich. Wohlhabende, die Reichen und so, vielleicht auch den Grenzern. Pah!« Sie spuckte das letzte Wort fast aus. »Unsereins ist für sie bloß Abschaum. Jeder sucht nach seinem Auskommen.« Sie kicherte. »Nicht wahr, Little Tom?« Little Tom grunzte. Sie nickte ihm liebevoll zu.

Als Lux in ihrem Sack strampelte, galt ihre Aufmerksamkeit plötzlich nur noch dem Rucksack.

»Was ist in deinem Bag?«

Case schüttelte den Kopf. »Das geht Sie wirklich nichts an!«

»Zeig es mir, Jungchen!« Sie trat einen Schritt auf ihn zu, hob drohend den Schraubenschlüssel.

Lux trat erneut und der Bag zuckte, als wäre er zum Leben erwacht. Sie schreckte zurück.

»Ok«, sagte Case. »Ich zeige Ihnen, was drin ist, und Sie geben mir dann den Stick zurück.« Sie zögerte, doch ihre Gier ließ sie nicht in Ruhe. Sie hob schließlich vorsichtig mit dem Ende des Schraubenschüssels die Kappe des Bags an und wich mit einem Seufzer zurück, dass sogar Little Tom von seinem Quasti aufblickte.

Lux stierte sie mit rot unterlaufenen Augen an und schüttelte ihren Kopf, um den Knebel loszuwerden.

»Warum ist dieser Siam gefesselt. Was bist du nur für ein kranker Typ?«

Jetzt ging alles sehr schnell. Case nutzte das Überraschungsmoment, sprang an ihr vorbei, riss die Schublade auf, griff beherzt nach dem Arcana und stieß die Frau zurück, die ließ taumelnd den Schraubenschlüssel fallen.

Dann sprang er einen Schritt auf Little Tom zu, der noch immer den Ausgang versperrte, schlug mit einem harten Schlag die Lampe über dem Aquarium aus der Halterung, die direkt in das Becken fiel, an dem noch immer Quanti an Toms Hand nuckelte.

Der Stromschlag ließ den völlig überraschten Little Tom wie einen wildgewordenen Bären rasen. Little Tom taumelte schmerzverzerrt einige Trippelschritte näher zu Quanti, konnte aber seine Hand wegen der Muskellähmung durch den Stromschlag nicht mehr zurückziehen und fiel schließlich auf das Becken, das krachend zerbarst, und begrub Quanti unter sich.

Der Ausgang war nun frei. Case stieß die Fahrertür auf, drückte beim Sprung aus dem Bock auf den Notausschalter über der Tür und landete hart auf dem Boden.

Die beiden wimmerten jämmerlich in ihrer dunklen Kabine.

Case rappelte sich auf und sprintete, was das Zeug hielt.

Die Alte und Tom konnten ihm nicht folgen. Little Tom war außer Gefecht und würde sicherlich einige schmerzhafte Verletzungen behalten. Trotzdem lief er sich die Seele aus dem Leib. Er hörte die Sirenen der Streife, die auf den Truck zu hielten. Reifen quietschten auf den regennassen Straßen.

Erst als Case nicht mehr konnte und völlig außer Atem war, verlangsamte er seine Schritte, hielt hinter einem Container inne und stützte sich keuchend auf die Knie. Seine Lunge brannte, sein Herz raste.

Vorsichtig spähte er zurück. Die Grenzpolizei hatte ihn nicht bemerkt, sondern durchsuchte nun die Alte und ihren Tom. Er wischte sich den Schweiß und das Regenwasser aus den Augen und sah endlich hinter dem nächsten Zaun die blinkenden Signaturen des markanten Sendemastes von Areal 14.

Er konnte sein Glück kaum fassen.

Case rannte beflügelt weiter, trat in Pfützen, ignorierte das Stechen in der Seite und Lux' Tritte.

Endlich sah er auch die beleuchtete Tanksäule mit grün illuminierten Werbetafeln. Er stellte sich wie vereinbart in die Nähe der Ausfahrt.

Aufgedreht blickte er in alle Richtungen. Über eine halbe Stunde hatte er sich verspätet. Kämen Sie überhaupt noch oder hatten sie vielleicht kalte Füße bekommen und die Aktion abgeblasen? Etwas war dazwischengekommen und sie hatten sich zurückgezogen. Der Gedanke war unerträglich. Lux musste seine Nervosität spüren, auch wenn es ihr wegen dem Knebel nicht möglich war, auch nur einen Mucks von sich zu geben, trat sie ihm konsequent weiter in den Rücken.

Der Regen ließ nach, grau mischte sich in den Himmel, die vielen Straßenlampen schafften es nicht mehr, gegen den nasskalten Morgen zu gewinnen.

Ein Motorengeräusch heulte auf, Räder auf der nassen Fahrbahn zischten.

Ein schwarzer Van raste heran und bremste abrupt vor ihm ab.

Die Seitentür wurde aufgerissen. Zwei Männer in schwarzen Jacken sprangen heraus.

»Bist du Case Pollux?«

Er nickte. Sie musterten ihn, auch den Rucksack.

Diesmal war er sich sicher, wieder das Sirren im Himmel zu hören.

Auch der Typ blickte hektisch in die Höhe, suchte das Grau der Wolken nach Drohnen ab. Dann zog ihn der andere am Arm.

»Komm schnell.«

Sie halfen ihm in den Wagen. Die Tür wurde zugezogen. Schon beschleunigte der Wagen. Er hatte nicht einmal genügend Zeit, sich auf die Bank zu setzen, und fiel auf die Rückenlehne, dann zur Seite.

Der Van brauste mit überhöhter Geschwindigkeit aus dem Parkbereich. Als er hinaussah, bemerkte er, dass der Tag angebrochen war. Das Areal war in heller Aufregung. Ihre Flucht war jetzt nicht mehr unentdeckt.

5 DAS TOR

Enttäuschung war eine trügerische Emotion. Nach wenigen Minuten einer rasanten Fahrt und einem Stopp in einer kleinen Lichtung sah er sie in ihren glatten Gesichtern, ein Zucken um die Augenpartien und das kaum wahrnehmbare Senken der Mundwinkel, das ihre Ungläubigkeit und ihren Ärger über die entgangene Belohnung hervorrief.

Der junge Typ hielt den zerbrochenen Stick wie eine spitze Scherbe zwischen Zeigefinger und Daumen und betrachtete ihn von allen Seiten. Die Carbonbeschichtung hatte einen Riss, der glänzende Kern war dem Sauerstoff der Luft ausgesetzt, was die empfindlichen Nanometalle oxidieren ließ und die feinen Supraleiter unbrauchbar machte.

Auch wenn ihre Nanochemiker noch einiges versuchen konnten. Die bloße Substanz war vollkommen nutzlos wie die Wiederbelebungsversuche eines toten Herzens. Doch ihren technischen Level konnte Case nicht einschätzen. Die wenigen Informationen über Neumerikas industrielle Kompetenzen wurde von Propaganda übertüncht.

Das, wonach diese Agenten so gierig verlangt hatten, ließ den Schluss zu, dass sie in punkto MRU weit hinten lagen. Das, worauf sein Deal mit ihnen beruhte, war nicht mehr zu reparieren.

Sie sahen sich an, stapften durch den Schmutz einige Schritte in die Waldschneise, um sich außer seiner Hörweite zu besprechen. Atemwölkchen stoben aus ihren Mündern.

Case schnappte einige neumerikanische Brocken dieser archaischen Sprache auf, die ihn an Menschen mit viel Temperament und Leidenschaft erinnerte, verstand aber kein Wort.

Der junge Typ sah mehrmals über die Schulter zu ihnen herüber. Er trug eine dunkle, hüftlange Thermojacke, die auch Grenzer oder Polizisten trugen, allerdings ohne Abzeichen an der Brust oder offiziellen Schriftzug auf dem Rücken, und redete angeregt mit Allen. Sie streifte ihr halblanges braunes Haar aus dem Gesicht, redete auf ihn ein, sie nickte ein paar Mal energisch und kaute danach auf ihrer Unterlippe.

Case war sich sicher. Sie wogen die Risiken ab und spekulierten, ob sich die Operation jetzt noch lohnte und ob es das Abenteuer wert war. Industriespionage, Militärspionage – ein übliches Spiel zwischen den Geheimdiensten jedes Landes. Ein Auffliegen bedeutete Festnahme, endlose Verhöre, oft Folter, auf jeden Fall Internierung. Für vielleicht viele Jahre, bis die Zeit und

Umstände für einen Austausch reif wären. Oder bis zum Tod. Wer wusste das schon.

Das Risiko eines diplomatischen Supergaus, womöglich eine der größten Krisen zwischen den Weltreichen auszulösen, war jedoch etwas anderes. Die Leben zweier fast wertloser Siams, getrennt von ihrer Schnittstelle, Flüchtige, Staatenlose, gegen das Wagnis dieser Operation. Wie gesagt, sie hätten es in Kauf genommen, wenn er ihnen die Reaktor-Techniken des Reiches geliefert hätte.

Case machte sich keinerlei Hoffnung mehr. Auf Asyl aus politischen Gründen in das gelobte Neumerika warteten Hunderttausende.

Aussichtslos.

Allen und die beiden Männer kamen zurück. Der jüngere Typ nahm das, was vom Arcana übriggeblieben war, und verstaute es in einer kleinen Box.

Lux machte sich wieder mit trotzigem Strampeln bemerkbar. Ihre Bewegungen wurden weniger. Sie war geschwächt. Der Knebel und das Atmen durch die Nase hatten ihr schwer zu schaffen gemacht. Dennoch würde sie nicht kooperieren.

Sie nahmen die Kopfbedeckung ab – ihr dünnes Haar pappte verschwitzt auf dem bleichen Schädel – und inspizierten sie, der ältere Typ nickte. Sie fluchte und geiferte, wollte spucken. Der Jüngere bedeckte ihre Augen wieder mit einer Binde, beklebte ihren Mund und führte ein schmales Röhrchen ein, das an eine Sauerstoffflasche angeschlossen war.

Case zerriss es fast die Brust, sie so fixiert zu sehen.

Aber es wäre nur für eine kurze Zeit, vielleicht eine Stunde. Dann, ja dann endlich ...

»Damit wird es ihr gut gehen«, sagte Allen, als sie sah, wie sehr es ihn mitnahm.

Er antwortete nicht darauf.

»Schnall sie ab. Sie darf nicht zu sehen sein.«

Die beiden Agenten mahnten zur Eile. Allen hob die Hand und ging einen Schritt auf ihn zu.

»Ich möchte ehrlich sein.«

Schon dieser Satz verriet Case, dass sie es nicht war, doch er sagte nichts.

»Wir haben abgewogen und uns entschlossen, euch dennoch über den Checkpoint zu schleusen. Auch wenn sich der Ertrag der Operation deutlich gemindert hat, seid ihr für unsere Wissenschaftler vielleicht interessant. Allerdings ...«

Sie sah ihn an. Ihre Augen waren klar. Ein Hauch von Parfüm lag in der Luft.

»... wenn es hart auf hart kommen sollte, werden wir euch aufgeben. Für dich haben wir Papiere, bleibst stumm sitzen, egal, was passiert. Regst dich nicht. Verstanden?« Sie deutete zu Lux' starrem Körper. »Sie bleibt ihm Fußraum. Unsichtbar.«

»Unser Mann am Checkpoint weiß Bescheid«, fuhr sie fort. »Wenn er mich kontrolliert hat, werden sie dich nicht sehen wollen. Das ist das ganze Geheimnis.«

Die Tür des Vans flog auf.

Sie wechselten das Auto, stiegen in eine offizielle, schwere Diplomatenlimousine ein.

Ein Fahrer in Uniform und mit dunklen Handschuhen, den sie Simpson nannten, Allen auf dem Rücksitz, daneben er selbst und Lux geknebelt im Fußraum als unscheinbares Paket. So fuhren sie los.

»Hier!« Sie reichte ihm eine gelbe Kapsel. *Pethylonox.*

Er nickte und schluckte sie herunter. Bereits Sekunden danach, meinte er, dass eine beruhigende Wirkung einsetzte, die Arme und Beine schwerer wurden und sein Mund trocken.

»Gut.« Sie sah ihm tief in die Augen.

Case versank in die weiche Lederpolsterung.

Die Wirkung musste gleich bei Lux einsetzen. Case atmete erleichtert ein und starrte aus dem Fenster.

»Gib endlich nach. Du wirst es nicht ändern«, flüsterte er. Doch Lux gab nicht auf.

Unter tiefgrau behangenem Himmel erwachte der Tag. Die Regentropfen auf der Scheibe wurden vom Fahrtwind weggerissen. Die nasse Landschaft raste trübe an ihnen vorbei.

Sie schwiegen die ganze Zeit über. Zwanzig Minuten. Entfernten sich ein Stück von den LKW-Terminals und stießen auf eine Zufahrt für Personenwagen.

Simpson blinkte und bog auf einen zweispurigen Zubringer ab, große Schilder zeigten an, dass sie sich der Grenze näherten und die Geschwindigkeit drosseln mussten.

Die Limousine wechselte auf die linke Spur.

Und dann sah er sie. Die mächtigen Streben der Trans-Canyon-Brücke, die weit in den Himmel ragten und in der dichten Wolkendecke verschwanden, die gebogenen Stahlseile des filigranen Netzes einer unvorstellbaren Konstruktion.

Der Verkehr auf dieser Autobahn war mäßig. Case hätte gedacht, dass auf dem bedeutendsten Übergang zwischen den Kontinenten viel Verkehr herrschen müsste, aber nur wenige PKWs konnte er ausmachen. Simpson blickte in den Rückspiegel.

Allen nickte. Sie hob die Brust, straffte sich und zog ihre Ärmel gerade.

Der Wagen drosselte langsam seine Geschwindigkeit.

Zäune, Türme, Metallabsperrungen am Fahrbahnrand wischten vorbei. Orange Signallichter blinkten mahnend. Die Grenze war ein Hochsicherheitsareal mit Grenzzäunen, Wachtürmen, Flutlicht, Überwachungskameras und Stacheldraht.

Vor ihnen gab es zwei Durchfahrten, links und rechts Wärterhäuschen. Die Schlagbäume waren geschlossen, die Ampeln auf Rot.

Sie fuhren jetzt im Schritttempo heran. Zwei Uniformierte traten auf die Fahrbahn und versperrten ihnen den Weg mit ausgestrecktem Arm. Bis sie standen. Der Jüngere trat heran.

Allen ließ das Fenster herunter und zog vor dem Mann ihre Handschuhe aus.

»Guten Morgen«, sagte sie.

»Ihre Papiere bitte«, sagte der Grenzer monoton. Ein sehr junger Mann mit Bartflaum.

Sie reichte ihm drei Ausweise. Ihre, die des Fahrers und seine gefälschten. Der Grenzposten blickte Allen kurz in die Augen, nickte dann und sagte knapp: »Danke.« Er gab dem anderen ein Zeichen und der Schlagbaum hob sich.

Allen schloss das Fenster, atmete hörbar ein und erleichtert aus.

Sie fuhren langsam an der Reihe der Uniformierten mit den gebrüsteten Waffen vorbei, passierten dann im Schritttempo den Checkpoint, bevor Simpson wieder richtig aufs Gas drückte.

6 DIE STIMME

CASE LEHNTE seine Stirn gegen die kalte Scheibe und betrachtete ehrfürchtig die mächtigen Stahlmasten der Brückenkonstruktion. Er kannte sie von Plänen und Fotografien. Doch in Wirklichkeit kam sie ihm noch viel größer vor.

Er musste den Kopf ganz in den Nacken legen, um die Enden zu erkennen. An den Stahlspitzen der Pfeiler zappelten rot gestreifte Windfahnen wie wild gewordene Drachen.

Der Regen zog schräge Linien. Der Blick in die Tiefe war schwindelerregend und atemberaubend zugleich, der Anblick dieses Bruches, der die Erde in zwei Kontinente teilte, so unglaublich überwältigend. Geschwistergebirge aus einer anderen Zeit, entstanden in Jahrmillionen.

Wie Zwillinge, dachte Case. Wie Lux und er selbst.

Die große Spalte, flüsterte er mehr in Gedanken als hörbar. Unter anderen Umständen hätte er angehalten und sich direkt über die Brüstung hinausgelehnt, um den kalten Wind in dieser Höhe in seinem Gesicht zu spüren. Absoluter Quatsch natürlich, weil streng verboten. Aber eine Strafe hätte er für eine solche Aussicht in Kauf genommen. Doch auch so konnte er die fast senkrechten Gebirgswände bewundern.

Er glaubte, die Schwingen eines großen Greifvogels im Grau auszumachen, der sich in die Tiefe stürzte, und konnte sich an dem Panorama hinter dem dicken Glas kaum sattsehen. An den verschiedenen Brauns, Oranges, all die Farbnuancen in den Graten und Spalten, verwaschen und rundgeschliffen durch die starken Regen.

Der schmale Meeresstrom dazwischen glänzte wie ein silbergrauer Aal im bleichen Tageslicht. Die Wolken ließen jetzt mehr Licht durch, es wurde freundlicher, fast wirkte es friedlich. Ein Tor in die neue Welt. Sein Traum wurde gerade wahr.

Ihr Wagen glitt sanft auf einer der äußeren Fahrspuren dahin. Zwölf hatte die Trans-Canyon insgesamt, zwei für den Zugverkehr, sechs für die Trucks und vier für die Autos und Busse.

Über zweitausend Meter bis zum Meeresspiegel lagen zwischen ihnen. Das regelmäßige, sanfte Rütteln beim Überfahren der Betonnähte im Belag und das monotone Schaben des Scheibenwischers hatte etwas Beruhigendes. Er spürte den Strom seines Atems an der Nasenspitze. Alles fiel gerade von ihm ab.

Überall konnte er Überwachungskameras entdecken. Die Limousine blieb auf der rechten der vier Fahrspuren. Simpson wollte nichts falsch machen oder auffallen.

Weder vor ihnen noch hinter ihnen konnte er andere Autos entdecken. Waren sie gerade das einzige Fahrzeug weit und breit?

Hatten sie es jetzt geschafft? Allens Körperhaltung nach zu urteilen noch nicht. Sie saß regungslos aufrecht und hielt ihren Blick konzentriert auf die Frontscheibe gerichtet, die gut isoliert nur ein leises Summen von Fahrgeräusche zu ihnen hereinließ.

Akkurat hatte sie ihre feingliedrigen Hände auf die schwarze Hose gelegt. Ihre Nägel waren dunkelrot lackiert. Er hatte wohl ein Faible für lackierte Frauennägel. Am Ringfinger trug sie einen schmalen Goldring.

Bis jetzt lief alles gut. Das Treffen, der Wechsel der Fahrzeuge, die Kontrolle am Checkpunkt. Sie schwiegen. Er, Allen und Simpson.

Case sah wieder aus dem Fenster. Fast die Hälfte der mächtigen Brücke mussten sie bereits hinter sich gelassen haben.

Ein erhabenes Gefühl von Vorfreude auf einen lang ersehnten Traum durchflutete ihn. *Neumerika*. Er spürte ein Kribbeln an den Unterarmen.

Ihm wurde warm in der Brust und er entspannte seine Muskeln, sank tiefer in den weichen Lederbezug. Lag es am Medikament? All die Verhärtungen der letzten Jahre wichen von ihm und zum ersten Mal seit dieser Woche erlaubten seine Gedanken so etwas wie Zuversicht zuzulassen, dass sie es jetzt endlich geschafft hatten.

Die Angst, alles noch verlieren zu können, war für den Augenblick fast nicht mehr präsent, nur noch ein kleiner, nicht mehr auffindbarer Punkt in seinem Inneren. Case ging völlig in dieser warmen Blase auf und konnte es kaum fassen. Tränen standen in seinen Augen. Er zog die Nase hoch.

Manlow hatte nicht gelogen. *Er* hatte ihn dazu ermutigt, diesen Schritt in die Freiheit zu wagen. Den richtigen Moment abzuwarten, Geduld zu üben und die Daten zu sammeln, um damit den Preis für das hier zu ermöglichen. Der Mann, von dem er nur die Stimme kannte, hatte ihm all das ermöglicht. Wo war Manlow bloß? Er hätte ihm gern dafür gedankt.

Unerwartet riss ihn ein Zucken aus diesem sanften Treiben. Case registrierte halb bewusst, wie Lux wieder mit ihren Füßen zu strampeln begann. Die letzten Minuten hatte sie sich doch still verhalten. Friedlich still.

»Psst«, flüsterte er, »gib endlich Ruhe. Wir haben es gleich geschafft. Du wirst sehen.«

Doch Lux gab keine Ruhe. Immer heftiger gerieten die Tritte. Allen sah zu ihm herüber, Simpson blickte in den Rückspiegel.

Lux' Wut steigerte sich mit solch unerwarteter Wucht, dass es einen Stich in seinem Solar Plexus gab und ihn aus dem Gefühl wattiger Glückseligkeit riss.

»Nein«, entfuhr es ihm laut, so sehr überraschte ihn die erneute Heftigkeit ihrer Angriffe. Lux' ausgeschüttetes Adrenalin und Kortisol ließen dabei sein Innerstes erbeben.

Er presste die Hand auf den Bauch, an den Nabel. Der schien zu glühen. Er begann zu schwitzen und strich sich fahrig über das Kinn, rang um Atem. Allen wurde nervös, sah ihn fragend an.

»Was macht sie?«

Case strich sanft mit der Hand über das geschnürte Paket zu seinen Füßen und hielt einige Sekunden Lux' Kopf, der komplett vom Bag bedeckt war, um sie zu beruhigen.

Als er sich wieder löste, bemerkte er eine klebrige Flüssigkeit an seinen Fingern. Kurz dachte er, sie hätte sich vielleicht wieder eingenässt. Doch als er auf seine Hand sah, fuhr er hoch. Es war kein Urin, sondern *Blut*.

»Wir müssen stoppen. Stopp! Sie blutet!«, schrie er. Schwindel überkam ihn. Seine Sicht war getrübt. Mit fahrigen Händen zog er hastig den Stoff vom Kopf, die Bänder von Lux' Mund und Augen ab und befreite sie von der künstlichen Luftzufuhr. Lux röchelte erbärmlich, verschluckte sich am eigenen Speichel.

»Das Medikament?«

Allen verdrehte die Augen. »Das kann nicht sein.« Sie sah sich hektisch um. »Verdammt, kann das nicht warten?«

»Halten Sie endlich an«, schrie Case.

Simpson beobachtete den Wortwechsel unschlüssig im Rückspiegel. Allen schüttelte den Kopf. »Nein, weiterfahren«, befahl sie.

Case öffnete, überfordert von dem sich zuspitzenden Anfall, alle Verschlüsse des Bags. Zu seinem Entsetzen hatte sich an Lux' Schläfe eine große Wunde gebildet und Teile des Bags waren bereits tiefrot mit ihrem Blut vollgesogen. Sie verblutete.

Case presste ihr wieder den Stoff auf den Kopf, um die Blutung zu stillen.

»Wir können hier nicht anhalten«, sagte Allen scharf

mit Blick auf den Fahrer, dann wieder zu Case gewandt. »Wir müssen den zweiten Checkpoint abwarten. Hier werden sie auf uns aufmerksam.«

»Verdammt, sehen Sie es denn nicht«, schrie Case. »Wir haben keine Zeit dafür. Sie verblutet. Ihr Kopf ist blau angelaufen. Sie kollabiert.«

Lux riss die Augen weit auf, rollte sie nach oben, so dass nur noch das Weiß ihrer Augäpfel zu sehen war, und begann mit den Lidern fürchterlich zu flattern. Sie röchelte besorgniserregend und steigerte sich weiter in den Anfall.

Diese Symptome hatten nichts mehr mit dem zu tun, was er von ihr gewohnt war, was er je bei ihr gesehen hatte. Sie schien nicht zu provozieren, sondern sie rang wahrhaftig um ihr Leben. Und er spürte es über den Nabel. Ein Schwall ihrer Todesangst flutete Case' Kreislauf.

»Ok, hol sie raus«, lenkte Allen ein. Sie sah sich hektisch um. »Wir halten in der nächsten Parkbucht.«

Wie aus dem Nichts machte Simpson einen heftigen Schlenker und riss das Lenkrad wieder zurück. Die Reifen quietschten. Der Wagen brach eine Sekunde auf die Randspur aus, kam der Leitplanke gefährlich nahe, fing sich wieder. Case wurde auf Allen geschleudert und rappelte sich zurück. In diesem Moment stoben links und rechts des Wagens schnelle Schatten über sie hinweg.

»Raketen«, schrie Simpson wütend und beschleunigte die Limousine.

Allen riss den Kopf herum, um den offensichtlichen

Angriff zu verfolgen. Doch sie waren zu schnell. Und auch das zu erwartende Kawumm, ein Einschlag, eine Explosion blieb aus, weder auf ihrem Fahrzeug, der Fahrbahn noch an den Stahlträgern der Brücke detonierte etwas.

Der Fahrer beschleunigte und Case und die arme Lux stießen gegen die Seitentür. Simpson beobachte den Rückspiegel und zeigte aufgeregt zum Himmel, doch Case konnte nichts erkennen. Ein schrilles Zischen pfiff über sie hinweg. Sie rasten darunter hindurch, weiter über die Trans-Canyon.

»Das sind keine Raketen«, rief Allen.

»Sondern?«

»Piranhas.«

Die wendigen, weil äußerst kleinen, damit hocheffizienten Aufklärungsdrohnen des Reiches schnitten blitzschnell die Luft, katapultierten sich hoch in den Himmel und formierten sich schließlich zu einem V aus gut einem Dutzend der Drohnen, welches nun die Höhe und ihre Geschwindigkeit konstant hielt und sie drohend eskortierte.

Jeden Moment konnte es vorbei sein. Piranhas waren effektiv bewaffnet, die Limousine gab, ganz ohne Deckung, eine hervorragende Zielscheibe ab. Hätte der zuständige Navigationsoffizier hinter seiner Multinavigationskonsole im Kommandoquartier in Cube den Befehl dazu gegeben, wäre es um sie geschehen. Simpson zählte rückwärts:

»Drei ... zwei ... eins...«

Case und Allen sahen hektisch aus dem Fenster.

Doch es geschah nichts.

Am Ende der Brücke blinkten unerwartet rote Warnlichter einer Straßensperre.

Simpson hielt unvermindert mit hoher Geschwindigkeit darauf zu.

»Allen«, sagte er angespannt. »Sehen Sie sich bitte das mal an. Ich glaube, wir haben ein riesiges Problem.« Case klammerte sich am Haltegriff und drehte seinen Oberkörper, um besser aus der Heckscheibe sehen zu können.

Von hinten rückten olivgrüne Panther, schwer gepanzerte Militärfahrzeuge an. Allen drehte sich wieder um.

»Verdammt«, rief sie.

Der Wagen heulte auf, als Simpson einen Gang zurückschaltete und die Kupplung den Motor bremste. Case fiel, von der unerwarteten Fliehkraft beschleunigt, gegen den Vordersitz. Zu wenig Zeit, einen Ausweg zu finden, geschweige denn, sich einen Plan zu überlegen. Sie waren das einzige zivile Fahrzeug auf dieser riesigen Brücke.

Keine Chance.

»Soll ich wenden und versuchen, die Spur zu wechseln? Vielleicht könnte ich es schaffen, bei der nächsten Notausfahrt die niedrigen Leitplanken zu überfahren.«

Simpson gab bereits wieder mehr Gas. Die Reifen heulten auf. Der Wagen beschleunigte.

Doch Allen legte ihm die Hand auf die Schulter.
»Nein!«

Die Limousine bremste ab. Sie rollten im Schritttempo die letzten Meter auf die Straßensperre zu, bis sie vor den quergestellten Fahrzeugen und schwer bewaffneten Soldaten mitten auf der Fahrspur zum Stehen kamen. Case erstarrte. Die Sekunden dehnten sich zur Ewigkeit.

Die verblutende Lux auf seinem Schoß haltend, bemerkte er, wie aus dem Regen Schneeflocken geworden waren. Wild tanzten sie vom Himmel.

Von hinten fuhr die Nachhut der Panther bis wenige Meter an sie heran.

Eine Festnahme, doch was spielte das jetzt noch eine Rolle, da gerade Lux an ihren schweren Verletzungen starb. Case sah auf ihren blutüberströmten Kopf. Ihre Zuckungen wurden schwächer.

Case bemerkte unter seinem Tränenschleier, wie ein junger Typ, wahrscheinlich der Chef, vielleicht ein Agent, in langem, dunkelgrauem Wintermantel, aufreizend selbstbewusst aus einer der dunklen Limousinen ausstieg, im Schlepptau folgten Soldaten mit Langfeuerwaffen im Anschlag.

Er kam bis nah an ihr Seitenfenster heran. Allen ließ es herabgleiten. Die Flocken stoben herein.

»Aussteigen!«, sagte der Typ mit einer Stimme, die Case eine Eiseskälte den Rücken hinablaufen ließ, weil er sie kannte. Es war diese eindrückliche Stimme, die ihn über Monate begleitet hatte und die er nie mehr vergessen konnte. Sie hatte sein Vertrauen gewonnen und sein Herz berührt.

Diesem Mann, dieser Stimme hatte er sich vollkommen geöffnet und sein Innerstes ausgebreitet. Er hatte ihm Hoffnung auf ein Ende seiner Qualen und auf ein Leben in Freiheit und Frieden gemacht.

Immer nur seinen Worten gelauscht, nie sein Gesicht gesehen.

Dieser Mann stand nun in der schlichten Uniform eines Geheimdienstkommissars vor ihnen, seine Arme hingen etwas abgewinkelt von der Hüfte. Die Hände steckten in schwarzen Lederhandschuhen. Das Gesicht war glatt, er hatte keinen Bartwuchs. Er sah jünger aus, als Case ihn sich vorgestellt hatte. Sein Gesicht war zu einer emotionslosen Maske verhärtet.

Im Schneegestöber surrten die Antriebe der Drohnen wie ein gefährlicher Wespenschwarm.

»Wenn Sie überleben möchten, dann müssen Sie jetzt ganz genau unseren Anweisungen folgen.« Kleine Wolken stoben bei jedem der Worte aus seinem Mund. Case war sich längst sicher. Das war *Manlow*.

Allen öffnete die schwere Tür der Limousine. Eine heftige Böe presste kalte Luft herein.

»Waffen wegwerfen, Hände hoch«, schrie ein Soldat.

Allen hob die Hände mit den fein lackierten Fingernägeln. Keine Ahnung, ob sie unter ihrer Langjacke eine Waffe trug. Simpson hob vorsichtig seine Pistole am Lauf in die Höhe und ließ sie mit dem Griff voran auf den Boden fallen.

Der Soldat sprang einen Schritt herbei und kickte sie einige Meter über den Belag, von wo sie ein anderer Mann aufhob.

»So sieht man sich wieder«, sagte Allen mit erhobenen Händen zu ihm und unterbrach damit das eisige Schweigen.

»Als du dich gestern nicht mehr gemeldet hast, war uns klar, dass du dich für die falsche Seite entschieden hast.« Sie senkte langsam ihre Hände.

»Seit wann?«, fragte Allen.

Er lachte kurz auf. »Schon immer. Zwischen den Seiten fühl ich mich am wohlsten.

Schade, dass es jetzt schon vorbei ist«, sagte er.

»Trotzdem sehr schnell, ich meine, es sind gerade erst vier Stunden vergangen, als wir unseren Plan angepasst haben«, sagte sie.

»Komm schon, Allen«, sagte er. »Du hast doch nicht wirklich geglaubt, dass es so einfach werden würde.«

»Vielleicht.«

»Na, dann sind wir uns einmal nicht einig.« Wieder zeigte er ein Grinsen.

»Und jetzt, nimmst du mich fest?«

»Was denkst du?«

»Sag es mir«, sagte sie.

»Wir möchten die instabilen Beziehungen zwischen den Nationen nicht mit dieser Affäre belasten, zumal wir alles zu jeder Zeit unter Kontrolle hatten.«

»Wirklich?«, sagte sie.

Er ging nicht auf ihre Spitze ein, sondern blickte zu Case.

»Wir wollten von Anfang an sehen, und wir haben gesehen, wie weit eure Kontakte in die inneren Angelegenheiten des Reiches reichen. Genug Informationen für den Geheimdienst, einige wertvolle Rückschlüsse ziehen zu können und Anpassungen für die Zukunft vorzunehmen. Neumerika mag vielleicht reich sein, doch die

MRU-Einheit konntet ihr damit nicht kaufen. Reich und überheblich. Nicht wahr?«

Er sah zu Case herüber.

»Wir haben Vorsorge getroffen, dass *unser* Besitz nicht gestohlen wird.« Er hielt inne und drehte sich zu Case.

»Ein wenig tut es mir tatsächlich leid – für euch persönlich. Welch wunderbare Träume. Doch hier ging es um eine größere Sache als euer kleines Glück. In einem Krieg gibt es große Opfer. Du hast das leider nicht verstanden. Noch ein paar Jahre vielleicht, dann ...«

»Ahhrgg«, stöhnte Lux und zog die Aufmerksamkeit Manlows auf sich.

»Hier endet dein und Lux' Weg.« Er fuhr unbeirrt fort, während Lux in Case' Armen verblutete.

Case hob sie aus dem Bag und drückte verzweifelt die Handfläche auf ihren Schädel, um die Blutungen zu stoppen. Sie spuckte gelben Schaum, sabberte fürchterlich. Die Wunde an ihrer Schläfe wuchs unterdessen. Überall klebte Blut, Blut befleckte seinen Schoß. Case wog den kleinen Körper wie ein Neugeborenes, versuchte sie zu beruhigen, doch musste hilflos die wilden Zuckungen ihres Kampfes ertragen.

Ihre waren seine Schmerzen, Lux' Lebensgeister wichen und ihre Todesangst übermannte ihn.

Er spürte diese letzten Minuten des Ringens, die auch seinen Tod bedeuteten, ihre abgestorbenen Körperzellen setzten die Autolyse in Gang und vergifteten auch ihn.

»Du hast dich vielleicht schon über das viele Blut gewundert.« Manlow verzog spitz den Mund. »Neuroimplantationsremote«, sagte er mit einer Leichtigkeit. »Eine bei unseren Geminis installierte Funktion.

Ein fürchterliches Wort, das dich nicht mehr interessieren muss. Tut mir leid. Es beeinflusst direkt ihre kognitiven und emotionalen Reaktionen. Und ermöglicht uns gewisse Steuerungsmöglichkeiten für Ausnahmesituationen wie diese. Und jetzt hat dieses technische Wunderwerk die Selbstzerstörung eingeleitet. Welch eine Verschwendung.« Er schnippte mit den Fingern.

»Du elender Mörder.«

Case blickte hasserfüllt in Manlows emotionsloses, sarkastisches Gesicht.

Manlow wich einen Schritt zurück, obwohl Case ihn nie hätte erreichen können. Unbeeindruckt wandte er sich wieder Allen zu.

»Wir können nicht zulassen, dass ihr unseren Vorsprung stehlt.« Er drehte seine behandschuhte Hand, als wolle er etwas emporheben.

»Doch wir haben dazugelernt und werden deswegen unsere diplomatische Strategie nicht pulverisieren. Obwohl wir jeden Grund dazu hätten, die Diebe hart zu bestrafen. Aber – keine öffentliche diplomatische Krise wegen der Inhaftierung von Doppelagenten, meine Liebe.« Er nickte überheblich und fuchtelte mit den Fingern. »Schade, dass wir uns nicht mehr sehen werden.«

»Sie brauchen Hilfe!«, sagte Allen bloß und deutete auf Case und die verletzte Lux.

»Gewiss, die brauchen wir alle, irgendwann einmal. Die beiden Geminis haben keinen Wert mehr für uns, auch keinen Wert mehr für euch. Die wichtigen

Implantate werden gerade zerstört. Sie sind Verräter und haben den Tod verdient. Falls ihr euch dennoch dafür entscheidet, ihre Neurolinks zu analysieren, viel Freude damit. Ohne das Arcana fehlt euch der Schlüssel.«

»Wie meinst du?«

»Ihr könnt jetzt weiterfahren.«

Um Manlows Mund spielten kleine Falten in dem ansonsten ebenen Gesicht. Als ob er Angst hätte, vielleicht doch etwas übersehen zu haben.

Fassungslos starrte Case auf seine glänzenden, rosafarbenen Lippen. Dann drehte er wortlos ab. Ein Stampfen von dutzenden Stiefeln hallte auf dem Asphalt, als auch die Soldaten zurücktraten. Sie stiegen in ihre gepanzerten Fahrzeuge, zogen im Konvoi ab. Das Dröhnen der Motoren versickerte in der Ferne.

Ein Zirpen der Propeller schwoll an, auch die Drohnen gerieten in Bewegung und verschwanden im grauen Dunst des Himmels. Und dann war da nur noch das Heulen des Windes und das Flattern der Fahnen und diese eisige Kälte, die ihnen alles zu nehmen schien.

Allen zitterte, wies Simpson brüllend an einzusteigen und zu retten, was zu retten war. Case nahm ihre Rufe wie durch Watte wahr. Seine Kräfte schwanden.

Die Reifen quietschten, die Limousine machte einen Satz und schoss nach vorne.

Sie wurden durchgeschüttelt. Case kippte vornüber auf Lux. Strich seiner Schwester den Schleim aus dem Gesicht. Die Wärme ihres Blutes übermannte ihn.

»Du hast recht behalten, Lux«, schluchzte er. Ihr Rumpf versteifte sich, während der Wagen über die

Trans-Canyon auf den zweiten Checkpoint zuraste. In diese neue Welt, die sie niemals erreichen würden.

»Es tut mir so leid«, flüsterte Case. Tränen und Blut waren eins. Sein Herz schmerzte und drohte zu zerbrechen.

Einen kurzen Moment schien es ihm, als würde sie seine Worte verstehen. Dann spuckte sie wieder und schrie fürchterlich wie nie zuvor. Ein letztes Aufbäumen. Sie zappelte und wand sich in Case' Armen wie eine verzweifelte Katze, deren Ohren man abgeschnitten hatte, er konnte sie kaum noch halten.

Ihm wurde übel. Symptome der Autolyse setzten ein und er glaubte, gleich spucken zu müssen.

Er driftete ab, konnte sich kaum noch aufrecht halten. Sah, wie die Stahlseile der Konstruktion an ihm vorbeirasten, zu einem Bild verschwammen, das ihn an eine Landschaft erinnerte, durch die tausende verästelte Flüsse flossen und auf der gelbe Blüten schwammen.

Im Nachhinein wusste er nicht mehr, warum er in diesem dunklen Moment auf diesen Gedanken kam und eine Idee hatte, die aussichtslos erschien.

Geführt von einem inneren Bild, das zur Realität wurde, griff er in die Seitentasche seiner Hose, ertastete die harten, runden Formen der Pethylenkapseln in der Aluverpackung.

Er schaffte es, eine Kapsel aus der Blisterverpackung herauszudrücken, aber sie glitt ihm aus den Fingern und landete auf dem Sitz. Er stöhnte auf.

Doch es mussten mindestens fünf gewesen sein.

Eine würde genügen, damit Lux Frieden finden konnte.

Beim zweiten Versuch konnte er die gelbe Kapsel mit zitternden Händen festhalten und in die Backen stecken. Auch der dritte, vierte und fünfte Versuch waren erfolgreich. Dann erst zerbiss er mit letzter Kraft alle vier Pillen auf einmal wie Erdnüsse und der bittere Geschmack explodierte in seinem Mund.

Sekunden später setzte das Taubheitsgefühl der Droge ein. Unmittelbar, heftig, überwältigend. Das Medikament begann, sich an die Synapsen zu setzen. Seine Zunge fühlte sich erst wie ein Klumpen an, dann war da plötzlich gar nichts mehr zu spüren. Die Schmerzen, die Anspannung, das Gewicht der Arme und Beine, das Gewicht von Lux wurden durch eine Leere ersetzt. In heftigen Wellen strömte eine Hitze durch seinen Kopf.

Wurde Lux ruhiger?

Er nahm am Rande des Sehfeldes wahr, wie sich ein helles Gesicht über ihn beugte. Blaulicht flackerte. Eine Stimme auf ihn einredete.

»Case, bleib da, bleib da! Wir haben es geschafft. Du bist in Neumerika!«

War es Allens? Zu gerne hätte er es geglaubt.

Männer in roten Sanitäterkitteln hievten ihn aus dem Wagen und legten ihn auf eine Trage, stülpten Lux einen Verband über den Kopf, der sich sofort rot färbte. Er wollte etwas sagen, doch seine Stimme versagte. Er schloss die Augen.

Entschuldige, dachte er stattdessen.

Und glitt in eine alles überstrahlende Helligkeit ab.

Die plötzliche Mühelosigkeit spülte ein Glücksgefühl durch seine Brust und urplötzlich war da nur noch Erleichterung.

Er hätte jetzt gerne einen Schluck Wasser getrunken, um die Hitze zu kühlen, doch den hatte er nicht. *Türkisblaues Wasser.* Er lächelte mit dem Herzen, weil er die Lippen nicht mehr bewegen konnte.

Neumerika.

7 GELOBTES LAND

Vier Monate später

Die Sonne knallte auf seinen braungebrannten Rücken. Er dribbelte ausgelassen im Wasser, hörte ein Lachen, drehte sich danach und da war Lux, zerbrechlich, aber mit solch einer ansteckenden Ausgelassenheit und Lebensfreude, dass es ihm ganz warm in der Brust wurde.

Er rief ihren Namen, doch sie lachte bloß und rannte vor ihm weg. Seine Schritte federten auf dem weiten, weichen Strand. Das klare Wasser glänzte silbern im Licht, spritzte ihm im Blau des Himmels bis zu den Schultern. Der Wind vom Ozean frischte auf.

In die Freundlichkeit der klaren Farben mischten sich Grautöne und Unschärfen. Er sank tiefer in den Sand, Wasser füllte die Vertiefungen, er musste sich anstrengen, um sich daraus zu befreien.

Als er sich umsah, bemerkte er erschrocken, wie weit er sich von der Küste entfernt hatte und wie die Flut bereits über seine Knie stieg. Er kämpfte gegen die Strömung. Die Beine wurden schwerer.

Lux' unbekümmertes Gesichtchen verschwand hinter der Linie des Horizonts von Mirowoi. Ihre hellen Rufe nach ihm wurden leiser, bis sie vom Tosen einer Böe verschluckt wurden.

Als er an sich hinabsah, blickte er in ein Meer aus Blut.

»Case, Case!«

Er stieß einen Schrei aus und sprang aus dieser Welt.

Grelles Licht blendete. Er schlug die Augen gleich wieder zu. Erst nach dem dritten Blinzeln konnte er Carols Gesicht über sich erkennen.

»Pssst«, sagte sie und strich ihm über die Wange. »Du hast nur geträumt.«

Benommen rieb Case sich die Träne aus den Augenwinkeln und bemerkte das Ziehen des Infusionsschlauches an seinem Handrücken.

Carol hatte sich über ihn gebeugt. Er blickte in ihre mandelförmigen Augen, die versprenkelten Sommersprossen auf ihrer Nase und den makellosen Wangen. Lockiges Haar fiel ihr über die Schultern. Sie lächelte ihn an. Das schönste Lächeln. Er konnte sein Glück kaum fassen.

»Wie spät ist es?«

»Halb sieben.«

»Gut.« Er stieß einen Seufzer der Erleichterung aus.

»Allen kommt bald. Hilfst du mir duschen?«

Carol löste die Kanüle vom Adapter an seinem Handgelenk. Case setzte sich auf, stützte sich auf die

Hände und schwang seinen Hintern auf den Rollstuhl, den Carol neben das Bett geschoben hatten.

Das kalte Wasser prasselte auf seine Schultern und machte ihn munter.

Carol half ihm, sich zu richten.

»Hvernig hefurðu það?« Er liebte es, wenn sie in ihrer Muttersprache sprach, und lernte Tag für Tag dazu, die Bedeutungen des archaischen Klanges zu verstehen.

Er atmete tief ein und hörbar aus.

»Góður. Mir geht es gut«, sagte er bemüht, die richtige neumerikanische Aussprache zu treffen, doch sie musste spüren, dass das nicht stimmte.

Dass Carol sich in ihn verliebte hatte, war sein größtes Glück. Ihr Lächeln und ihre Sommersprossen waren das Erste, das er beim Erwachen aus seinem Koma im St. George Military Hospital in Irvine gesehen hatte. Mit ihrer Liebe und einfühlsamen Geduld und ihren strahlenden Augen machte er immer schnellere Fortschritte.

»Es wird gut, Case, da bin ich mir sicher«, sagte sie.

Er nickte.

Lux wurde seit ihrer Flucht im Military Institute Of Research aufbewahrt. Vier Monate waren seitdem vergangen. Er würde sie heute zum ersten Mal seit der Operation sehen. Seine Kehle fühlte sich eng an und das Schlucken fiel ihm schwer. Er räusperte sich.

»Heute wird sie ihren Frieden finden.«

Der Militärkomplex mit den Forschungseinrichtungen lag südlich von York, auf einer grünen, für diesen Landstrich typisch tropisch bewachsenen Anhöhe mit Blick auf die weite, türkis schimmernde Mirowoibucht.

Sie warteten im Büro von Sergeant Sandberg. Allen saß neben ihm in diesem schlichten Office mit dem Schreibtisch an der Stirnseite, drei Besucherstühlen, einem Präsentationsbildschirm seitlich und dem obligatorischen Porträt von Präsident Jason W. Paik hinter Sandbergs leerem Sessel und nickte ihm aufmunternd zu.

Der blumige Geruch ihres Deodorants stach ihm in die Nase. Er nickte bloß und blickte auf ihre rot lackierten Fingernägel, den Ring an der Hand, die akkurat auf ihrem Oberschenkel lag.

Eine Antwort war sie ihm bis jetzt schuldig geblieben. Heute würde er endlich die Wahrheit erfahren und Lux ihren Frieden. Allen räusperte sich und blickte abwesend auf ihr Device.

Die Erinnerungen an die Flucht, an die Tage davor, waren sehr präsent und die Erleichterung, es geschafft zu haben, hatte sich noch nicht komplett durchgesetzt.

Seine Psychologin sagte, das Vertrauen musste erst gute Erfahrungen machen. Zum Beispiel, dass seine Genesung große Fortschritte nahm oder er wieder längere Zeit stehen und seine Hüfte in beide Richtungen fast schmerzfrei drehen konnte. Das Gefühl in den Fingern und Armen kam wieder zurück.

Doch seine Beine versagten allen Bemühungen der Rehabilitation zum Trotz. Die Trennung fühlte sich falsch an, der Nabel sendete Schmerzen, Schuldgefühle drückten wie Knoten in seiner Brust. Es kam ihm vor, als wäre es gestern gewesen.

Die Sonne stand hoch, kurze Schatten fielen in das Zimmer. Ein leichter Luftzug ging durch die Vorhänge und brachte den Geruch von Sommer. Er blickte auf die

Uhr, wurde unruhig. Jetzt musste er doch endlich kommen.

Sie hatten ihm vor wenigen Wochen ein schickes Zwei-Zimmer-Appartement mit Einbauküche, Marken-TV und barrierefreiem Zugang in den kleinen Garten gegeben. Wie lange er dort bleiben konnte, war ungewiss. Er musste lernen auf eigenen Beinen zu stehen. Im wahrsten Sinne des Wortes. Von seiner Terrasse aus konnte er bequem durch die Vorgärten der Nachbarn zu einem exklusiven und wunderschön flachen Strand kommen.

Zwei Beamte in Zivil, eine Frau, die ständig in ihr Handy tippte, und ein junger Kerl wechselten vor seinem Haus mit dem Personenschutz ab. Er fühlte sich in dem überschaubaren, lebendigen Küstenstädtchen sicher, glaubte nicht, dass Agenten Pangäas oder Manlow selbst hier auftauchen würden, sonst hätten sie ihn nicht laufen lassen.

Trotzdem bestand Allen darauf, bis der Prozess abgeschlossen war. *Bis der Prozess abgeschlossen war.* Jetzt musste er es sein. Sonst konnte er und Lux keinen Frieden finden.

Sandberg, ein Mann mittleren Alters mit wachen Augen und in dunkelblauer Armeeuniform, kam endlich hereingerauscht. Case fiel sein kräftiges, graues Haar auf. Unter seinem Arm trug er eine Mappe.

»Wie geht es Ihnen? Sie sind umgezogen.« Er sprach in fließendem Pangäisch, allerdings mit starkem neumerikanischen Akzent.

Case nickte stumm. Die zermürbenden Schmerzen in seiner Hüfte und dem Nabel machten ihn noch immer schweigsam und ließen ihn sparsam mit seinen Kräften umgehen. Er hatte keine Lust auf Smalltalk mit Sandberg. Doch der wartete auch nur kurz auf eine Antwort und fuhr gleich fort.

»Das freut mich. Case, Ihre vollständige Genesung benötigt allerdings sicherlich noch einige Monate. Die Nebenwirkungen des Pethylenbarbiturats haben Ihre Nervenbahnen angegriffen, die die viszerale Stimulation ihrer Beine steuern. Aber laut Ihrer Akte sind Sie auf dem besten Weg.« Er blickte mehr zu Allen als auf Case, aber das machte ihm nichts aus.

Angespannt verfolgte er seine langatmigen Erklärungen, schnappte einige hingeworfene medizinische Stichworte auf, die er nicht verstand.

»Hier sehen Sie einige MRT-Bilder von Ihrem Körper unmittelbar nach dem Ereignis. Wir haben Sie von der Nabelschnur getrennt. Das war kein Problem.

Nachdem Sie die Überdosis Pethylox eingenommen hatten, hat sich idealerweise der anabolische Stoffwechsel und die Autolyse Ihres Körpers und dem Ihres Zwillingsgeschwisters verlangsamt. Sie haben instinktiv richtig gehandelt, Case, die Autolyse Ihres Gewebes und die Vergiftung beider Körper hinausgezögert. Ich mache es kurz. Das waren die entscheidenden Minuten, um die Trennung noch rechtzeitig vornehmen zu können, bevor die Gewebegifte Sie extrem geschädigt hätten.«

Die ratternden Worte Sandbergs, sein plauderndes Getue, die Hand wohl zum Trost auf seinen Arm gelegt. All das wurde ihm zu eng. Er konnte Sandbergs Gerede nicht ertragen.

»Stopp«, platzte es aus ihm heraus. »Ich möchte nicht

über meinen Zustand informiert werden, den kenne ich. Ich möchte endlich wissen, was Sie mit Lux gemacht haben. Sie ist tot, aber die Untersuchungen sind noch nicht abgeschlossen? Drei Monate schon. Damit muss jetzt Schluss sein. Sie hat ihren Frieden verdient! Sagen Sie mir einfach, wann ich sie beerdigen kann.«

Sein Mund war trocken, er schwitzte und er spürte noch immer, wie ihm das Sprechen schwerfiel.

Sandberg blickte kurz zu Allen. Die nickte knapp. Sandberg zupfte sich am Kragen. Er wandte sich dem großen Projektor zu und startete die Animationen.

»Gut«, sagte er knapp. »Sie sind heute hier, weil wir Sie vollständig aufklären wollen. Ich möchte Sie darauf hinweisen, dass alle Informationen einer lebenslangen Schweigepflicht unterliegen. Ist Ihnen das klar, Case? Und ich muss betonen, dass wir hierzu nicht verpflichtet sind.«

Case sah ihn nur stumm an. Sie waren nicht verpflichtet ihm Auskunft zu geben, doch es musste einen Grund haben, warum sie es dennoch taten.

»Bevor wir Sie Ihnen zeigen, möchte ich Ihnen den Grund für die vitale Konservierung erklären.« Er aktivierte das Holobild vor der Wand.

Sandberg wartete einige Sekunden, sein Lächeln verschwand hinter den schmalen Lippen.

»Nicht die Trennung war das Problem, ein Routineeingriff. Sondern die Prozesse in ihrem Schädel und der damit verursachte Blutverlust waren letztendlich die Gründe für den Hirntod ihrer Schwester. Die von Ihnen beobachteten Schürfwunden an ihrem Schädel, das Aufplatzen, das von Ihnen berichtete Wundsein und heftige Kratzen daran wurde durch ein Device in ihrem Schädel verursacht, welches ihre heftigen Stimmungsschwankungen per Remote beeinflussen konnte.« Sandberg rieb sich am Auge. »Deshalb auch die häufigen Wutausbrüche, das aggressive Verhalten und ihr selbstverletzendes Handeln der letzten Tage. Sie war nicht sie selbst.«

Case meinte ein übermenschliches Gewicht auf seinen Schultern und seiner Brust zu spüren.

»Wir können sie nicht mehr aus dem Koma holen, aber wir können sie auch noch nicht sterben lassen, sondern erhalten sie künstlich am Leben.«

»Sie lebt?«

Sandberg schüttelte den Kopf.

»Sie ist auf die lebenserhaltenden Maschinen, Herz, Kreislauf, künstliche Ernährung et cetera angewiesen. Sie hat einen vollständigen, irreversiblen Funktionsausfall des Gehirns erlitten. Sie ist faktisch tot.«

Case zog seine Schultern nach oben, er konnte sich kaum noch halten und war nun hellwach.

»Verdammt, was machen Sie mit ihr?« Seine Stimme versagte.

Allen stand auf und legte Case die Hand auf die Schulter. Ihre war ihm angenehmer und er ließ es diesmal zu.

»Hören Sie mir zu, Case.« Doch Case konnte sich nicht beruhigen. Er hatte es satt, dass über ihre Köpfe hinweg entschieden wurde ohne ihr Einverständnis, ohne Transparenz, von Militärapparaten und ihren Vertretern.

»Case«, bellte Sandberg militärisch, Spucktröpfchen stoben aus seinem Mund.

Case sank wieder in den Rollstuhl. Sein Herz raste, seine Hände waren feucht. Er war außer sich.

»Ihre Schwester liegt im Koma, das stimmt, doch sie erleidet keine Schmerzen. Denn noch sendet ein Device in ihrem Schädel. Eine Technologie, die entscheidend für unsere Sicherheit sein könnte. Und wir wollen das verstehen. Wir können sie noch nicht sterben lassen, bis …«

»Bis was? Sie verstehen nicht, was ich meine. Sie nutzen ihren Körper aus, wie es das Reich bereits getan hat. Wir sind für Sie nur Mittel zum Zweck. Das Individuum ist Ihnen egal. Es geht Ihnen bloß um Macht.«

»Bis wir wissen, wie es funktioniert. Pangäa wartet nur darauf, dass wir eine Schwäche zeigen. Das Gleichgewicht der Kräfte ist fragil. Sie, wir alle werden untergehen, wenn wir diesen technologischen Krieg verlieren.«

»Manlow hatte gesagt, dass die Devices in Lux' Schädel wertlos geworden sind.«

»Manlow hat etwas übersehen. Und wir werden es finden!«

»Und Lux?«

»Teile ihres inneren Systems sind aktiv. Das heißt, mindestens ein aktiver Sender, eine Quantenquelle, muss in ihrer Nähe sein und ihre Prozessoren triggern. Wir sind ganz nah dran. Wir brauchen das Quantenfeld.

Wenn wir es aufgespürt haben, halten wir den Schlüssel für diese Technologie in Händen und dann hat ihr Tod doch einen Nutzen.«

»Quantenfeld?«

Sandberg nickte ruckartig. »Ein Datenträger in der Größe eines Mircoimplantates. Ein Hundertstel eines Fingernagels. Praktisch kann es überall haften. Jemand muss die Quelle bewusst angelegt haben.

»Lux?«

»Es sieht so aus.«

»Wie das?«

»Sie hatte Zugang dazu.«

»Und wenn Sie haben, was sie wollen, wird Lux weiterhin als Biomaschine im Koma gehalten?«

Sandberg nickte. »Sie ist ein Quantenkatalysator und dient der Wissenschaft, der freien Welt.«

»Freie Welt?«

»Case, ich muss sagen, dass ich von Ihrer Position zunehmend enttäuscht bin und zweifle, ob Sie überhaupt noch mit uns kooperieren.«

»Ich sehe keine Unterschiede zwischen Ihnen und Pangäa. Auch Sie beuten Menschen aus. Beuten Lux aus.«

»Case, Sie werden selbstgefällig und vergessen, was Sie von uns bekommen haben. Hatten Sie etwa in Ihrem Appartement in Pangäa auch diesen bescheidenen Ausblick auf den Ozean mit freier Logis?« Sandberg betonte aufreizend das Wort *bescheiden*. Obwohl Case wusste, dass er recht hatte, fühlte er sich getroffen.

»Kann ich sie sehen?«

»Das ist jetzt möglich.«

Allen nickte.

Langsam folgten Sie Dr. Sandberg auf die Flure. Dort herrschte reges Treiben von Pflegern, Schwestern und Soldaten.

Am Ende des Ganges öffnete er die Tür eines Zwischenzimmers, vor dem ein Wachmann saß und aufstand, als sie eintraten.

»Alles in Ordnung«, sagte Sandberg.

Sie traten in eine fensterlose Intensivzelle, ein mit moderner Technologie ausgestatteter, würfelförmiger Raum auf Stelzen, in dem verschiedenste Apparaturen und Motoren brummten und summten. Der Geruch von Desinfektionsmittel mischte sich mit menschlichem. Auf einem Multistativ erhöht lag ein kleiner, blasser, nackter Brustkorb, drappiert wie auf einem Opferaltar der Mahat. Lux' kurze Beine und Arme standen wie Spinnenglieder ab.

Ihr Schädel steckte in einer Glasglocke, dutzende Saugnäpfe und Dioden, von denen ein Gewirr aus Kabeln und Schläuchen ausging.

Das Rasseln ihres Atems wurde auf einen Monitor übertragen, der ihr Volumen grafisch aufzeichnete. Um sie herum war ein Knäuel aus Atemschläuchen, Infusionskanülen, Saugnäpfen zur Überwachung ihrer Vitalfunktionen.

Ihr kleiner, malträtierter Körper war fast nackt, nur über ihrer Scham lag ein grünes Tuch.

Case trat überwältigt und von ihrem Leid berührt an sie heran und es blieb ihm fast das Herz stehen. Ihre aufgerissenen Augen starrten ohne Leben an die Decke. Case sah einige Dinge mit äußerster Klarheit und andere verschwommen. Eine plötzliche Kälte breitete sich von seinem Innern aus.

»Wenn du mich hören kannst«, sagte er, »ich bin endlich bei dir. Es tut mir leid.«

Er spürte, wie ihm Tränen die Wangen herunterliefen, doch er fasste sich schnell wieder. Er musste das stoppen. Zu Sandberg gewandt sagte er: »Die Militäranlagen sehen in jedem Land gleich aus.«

»Wie bitte?« Sandbergs Augen wurden zu Schlitzen.

»Wie ich es sagte.« Case schwitzte, sein Puls raste, dass er es in den Ohren hämmern hörte. Er spürte, wie eine Welle von Zorn sich in ihm aufstaute. »Was machen Sie anderes? Nichts! Dieselben Versuche, dieselbe Ausbeutung.«

»Unsere Agenten sind aufgeflogen. Allen und die anderen sind ausgewiesen. Der Krisenstab wurde einberufen. Sie waren der Köder von Manlow, den wir geschluckt haben. Das Einzige, was uns bleibt, ist diese kleine Chance, dieser Krise noch etwas Positives abzugewinnen. Wir brauchen ihre Unterstützung.« Er zeigte auf Lux. »All die anderen dutzenden Geminis in den Reaktoren der MRU, die weiterhin ihrem Schicksal ausgeliefert sind. Lux' Blut wurde nicht umsonst vergossen, wenn wir den Schlüssel finden.«

»Ich nehme sie mit«, sagte Case, ohne den Blick von Lux' geschundenem Körper abzuwenden. Er rollte dicht an sie heran, griff nach ihrem Arm. Ihre Haut war warm. Ein Soldat stürzte auf ihn zu, doch Sandberg hob die Hand, der Soldat hielt inne.

»Case, das steht nicht in Ihrer Macht. Seien Sie endlich etwas demütig.«

Dieser Mann sprach von Demut? Er konnte ihnen nicht vertrauen. Keinem Militär der Welt. Nie mehr. Egal von welcher Seite.

»Verdammt, sie hat nicht all das durchgemacht,

damit Sie sie jetzt als Biomaschine missbrauchen. Und kommen Sie mir nicht mit Demut. Stoppen Sie das. Geben Sie ihr ihre Würde und Frieden zurück.«

Sandberg schüttelte den Kopf.

Dann fiel Case' Blick auf Lux' Hand, die so bizarr abgespreizt auf ihrem Kugelbauch lag, und auf die kleinen Fingerchen. Die Erkenntnis ließ seinen Atem stocken. Der Adrenalinschub machte ihn fast schwindlig. Lux' Zeige-, Mittel- und Ringfinger waren ineinander verschlungen.

Fingerknoten.

Gib mir die Muschel.

Case verstand augenblicklich, was Lux ihm damit sagen wollte. Er hatte keine Zweifel.

Suche nach der Muschel. Nimm die Muschel an dich.

»Ich muss gehen«, sagte er abrupt von seiner Eingebung elektrisiert.

»Was ist, Case?«, hakte Allen aufdringlich nach.

Doch Case gab keine Antwort. Er griff in das Rad, drehte den Stuhl und rollte auf schnellstem Weg nach draußen.

24 STUNDEN SPÄTER.

Das angenehm warme Wasser umspülte seine Füße. Carol schob den Rollstuhl noch ein Stück weiter, bis es nicht mehr weiterging und die Räder am Ende der ausgerollten Holzpaneele im Sand einsanken. Die sanften Wellen hatten etwas Tröstliches. Der Ausblick auf die Minwoibucht war atemberaubend.

Case nahm die weiße Herzmuschel aus Lux' Beutel

und ließ sie durch seine Finger gleiten. Zeigefinger, Mittelfinger, Daumen. Noch einmal.

Sie war dort, wo sie immer war. In Ihrem Beutel. Drei gleich große Herzmuscheln. Er hatte die Richtige sofort gefunden. Und konnte mit bloßem Auge den nadelkopfgroßen, bläulich schimmernden Punkt an der Hohlseite erkennen.

Der Wind fuhr ihm durch die Haare, er roch den salzigen Geschmack und sog ihn tief ein. Carol schob sich die Haarsträhne aus ihrem schönen Gesicht. Sie sprach nicht, weil sie vielleicht spürte, dass dieser Moment ganz Lux und ihm gehörte.

Wo er hinsah, lagen auf dem glänzenden Wasserspiegel verstreut weiß schimmernde Muscheln wie tausende Blütenblätter.

Die Wellen liefen sanft auf den weiten Strand. So sanft, dass die Muscheln nicht kaputt gehen konnten, sondern einfach an Land gespült wurden. Die Strömung trieb sie her. Würde das Wasser mit Schwung auf den Strand knallen, brächen sie und man fände nur Splitter im Sand.

Hier lag der Ursprung dieser Muschel, von hier konnte sie stammen und hier hatte vielleicht sogar ihre Mutter sie gesammelt. Vor dreiundzwanzig Jahren.

Er ließ noch einmal die Muschel durch seine Finger gleiten und sah ein letztes Mal auf der Innenseite das blau schimmernde Trägermaterial.

»Pass bloß auf, dass du dir die Finger nicht verknotest«, flüsterte er. Ein schweres Gefühl in der Brust und am ganzen Körper breitete sich aus. »Lux, ich weiß, dass du das gemocht hättest.«

Dann holte er aus und warf sie so weit er konnte in hohem Bogen gegen den Sonnenuntergang aufs Meer hinaus. Er verfolgte ihren kurzen Flug und hörte, wie sie auf der Oberfläche auftraf und dann versank.

Sie war nun eine unter Millionen. Vielleicht würde er irgendwann einmal nach ihren Eltern suchen. Vielleicht.

Case drehte sich zu Carol. Sie lächelte.

»Du musst dich leicht machen, Case. Sonst krieg ich dich hier allein nicht mehr raus und du musst übernachten.«

Ihr Lächeln tat so gut.

DREI TAGE DANACH.

Nur drei Tage, nachdem Case die Muschel mit dem Sender in das Meer geworfen hatte, kam Allen.

Die Reifen ihres dunklen Wagens knirschten auf dem Kies. Ihr Haar fiel locker über die Schultern, sie streifte die Sonnenbrille ab und begrüßte ihn, wie sie es immer tat, mit glockenheller Stimme, ihrem Akzent und diesem Gesichtsausdruck, von dem er immer noch nicht hundertprozentig wusste, wie ehrlich er gemeint war.

Und er schaute immer noch zuerst auf diese lackierten Nägel.

»Etwas ist passiert, Case.«

Er nickte und wusste, was sie gleich zu sagen hatte.

»Der Sender hat aufgehört zu triggern. Die noch aktiven Devices in Lux' Schädel haben ihre Funktion eingestellt. Sandberg hat die künstlichen lebenserhaltenden Maßnahmen eingestellt.

Lux ist friedlich gestorben.

Ihr Körper ist zur Beerdigung freigegeben.«

Seine Schultern, die Arme und Beine entspannten sich augenblicklich, die angestauten Spannungen lösten sich.

Case wandte den Blick von Allen ab und starrte in die Weite. Er würde sie würdig verabschieden.

Dann sah er in Carols Gesicht. Sie legte ihre Hand auf seine Schulter. Ihre Anteilnahme tat ihm gut.

»War es das?«

»Das wars, Case. Wenn du etwas brauchst, melde dich.«

»Auf Wiedersehen.« Sie nickte und ging.

Case sah auf ihren schmalen Rücken, als sie in ihren Wagen stieg.

Hatte es endlich ein Ende genommen?

Lux würde ihren Frieden finden können.

Er wollte dieses Land, diese kantige Sprache, diese Menschen kennenlernen. So viel Neues gab es zu sehen.

»Carol, lass uns trainieren und schone mich nicht, Neumerika wartet darauf, entdeckt zu werden.« Konzentriert wackelte er mit den Zehen.

Er sah in ihre strahlenden Augen und flüsterte: »Andlit þitt minnir mig á sólina. Þakka þér fyrir.«

Ihre Sommersprossen tanzten. »Danke, auch dein Gesicht erinnert mich an die Sonne.«

ENDE

DAS ACHTE PROTOKOLL – DER NEUE NEUMERIKA/PANGÄA-ROMAN

In Vorbereitung:

Kurzbeschreibung:

Zwei Kontinente, zwei konkurrierende Nationen, eine Menschheit. – Die Weltreiche Pangäa und Neumerika stehen sich unversöhnlich in ihrem Kampf um die Vorherrschaft gegenüber.

Die bekannte Journalistin **Janet Prey** hat die einmalige Gelegenheit, mit dem unnahbaren Staatspräsidenten Pangäas, Mi Jong, ein Exklusivinterview an einem streng geheimen Ort zu führen. Für Janet die große Chance für ihren Durchbruch zur berühmtesten Journalistin der Welt. Doch schnell merkt sie, dass jemand im Hintergrund ganz andere Pläne schmiedet und sie in größte Gefahr gerät.

DAS ACHTE PROTOKOLL - ein NEUMERIKA-
Thriller in einer Welt in Lüge, Heuchelei und der Sehn-
sucht nach Liebe.

PATRICK HELMUTS arbeitet als Lehrer, Lernberater und Schriftsteller von Genre-Literatur in Süddeutschland. Er liebt fesselnde Geschichten. Vielleicht handeln seine Romane und Kurzgeschichten deshalb von ungewöhnlichen Menschen mit ungewöhnlichen Herausforderungen.

Die Erzählung ist der Auftakt einer Reihe spannender Science-Fiction-Abenteuer in der Welt Pangäas und Neumerikas.

Patrick lebt mit seiner Familie in Freiburg im Breisgau. Sie finden ihn unter www.patrickhelmuts.com

9 783948 649067